내 평생
이빨
한 가마

박용완

다 하지 못한 말은 세월이 지나 글이 되었다.

살면서 하고 싶은 것도 많았고 하고 싶은 말도 많았다.

허나 현실은 하고 싶은 걸 다 허락하지 않았고, 하고 싶은 말도 다할 수 있는 게 아니었다. 앙금으로 가라앉았던 말은 부드럽게 숙성된 후에야 말이 되었다. 그러고도 배출되지 못한 말은 글이 되었다.

글도 영화 OST와 같아서 다시 정리하며 읽어보니 그 시절 그 느낌 그대로 되살아났다.

때론 욕지거리라도 퍼붓지 않으면 미칠 것 같아서 뱉어냈고, 진흙 칠로 범벅이 되기도 했던 일들…. 잘 갈무리해 두었다고 생각했는데 아직도 생생하게 살아서 그날 그 순간 그대로인 것도 있었다.

길게는 십여 년 전부터 바로 얼마 전에 쓴 글도 있으나 느낌은 하나같이 엊그제다.

퇴직할 때쯤 그동안 살아온 과정을 정리하고 새로운 시작을 하고 싶었는데 100년 만에 찾아온 더위 속에서도 큰 의미를 두고 모든 걸 잊고 집중하여 정리하였다.

글을 정리하다 보니 세월도 인생도 정리되었다.

들춰 보기도 싫은 순간은 똥간에다 버렸고, 깨끗이 잊어야 할 거는 아궁이에 하얗게 태웠다. 그러고도 차마 어쩔 수 없는 것은 소금에 절여서 뒷마당 담장 밑 그늘진 곳에 묻었다. 세월이 흐른 후 잘 숙성되어 진한 향으로 묻어나길 바랄 뿐이다.

이제부터는 분명 지금까지 살아왔던 방식과는 다르게 살아야 할 것이다. 몸도 시간도 나의 위치도 지금까지와는 다를 것이고 그것을 받아들여야 하는 느낌 또한 달라도 그 어느 때보다도 훨씬 유리한 상태에서의 출발이고, 더 많은 방법을 구사할 수 있는 인생 경험을 하였으니 어찌 보면 지금이 최상의 조건이다.

인생 1막을 일단락지었다고 생각하니 다가올 세월이 궁금하다. 남들과 다를 바 없는 그 길을 가겠지만, 나만의 방식을 하나씩이라도 얹을 수 있는 삶이면 좋겠다.

새로운 걸 생각하고 새로운 걸 시도하고 새로운 걸 만나고….

다 해보지 못한 것들은 버킷 리스트로 작성해 가며, 또한 하나씩 지워가며 살아볼까나.

2018. 9.
박용완

제2장 • 치과 기공 일기 … 내 평생 이빨 한 가마

제3장 • 치과 기공사들의 세계 … 난 치과 기공사가 참 좋다

제1장

살며 느끼며

너무
열심히
사는 건
잘못이야

청테이프의 비밀

나의 사무실 컴퓨터로 가는 길엔
청테이프가 60cm 정도 바닥에 붙여져 있다.
소파도 한 개 있으니 잠시 눈 붙이거나 쉴 때도
이 청테이프를 밟고 넘어가야 한다.

사람들 대부분은 이 청테이프가 붙여져 있는지도 모른다.
어쩌면 보고도 관심이 없으니 그냥 지나쳤겠지.
가끔 묻는 이도 있다.
"여기에 왜 청테이프가 붙어 있지?"
"응, 여기가 출발선이야."
그렇다.
출발선 표시를 해놓은 것이다.

사무실에 혼자 있다 보니,
일 자체가 혼자 열중해서 하는 일이다 보니
온종일 말할 상대도 없고
입에서 군내가 날 정도다.

라디오 듣고,
컴퓨터 들여다보고,
일하고, 쉬고, 불 끄고, 퇴근하고….
매일 똑같은 일과의 반복이다.
뭐 그리 좋을 것도 그리 심통이 날 것도 없는 하루하루.

어느 개그 코너에 '띠리리디띠'인가 뭔가 하는 코너가 있었다.
"난 세 살 때부터 웃음을 잃었어" 하는 걸로 시작하는….
그야말로 나도 언젠가부터 웃음을 잃은 것 같다.
남들은 나보고 즐겁게 사네, 낭만적이네, 어쩌네 하지만
보여줄 수는 없고 그런 척하고 사는 거다.
각설하고 웃는 게 좋다고 하기에 청테이프 붙여놓고
요길 지날 때마다 바보같이 웃어보자,
애들처럼 웃어보자, 웃으면서 살자,
가짜로 웃어도 효과 만점이라더라,

그냥 웃자 이러면서 붙여 놓았던 것이다.
이미 붙인지도 오래돼서 의식하지 못할 때가 잦으나
가끔 실실 쪼개기도 하고
간만에 호탕하게 웃어보기도 한다.
남이 본다면 또라이짓으로 보이겠지만
분명 웃음은 건강의 출발선이라 생각한다.

_____ 두 개의 보름달

그러니까 그게 군에서 위생병으로 근무하던 시절이다.
전방에서 생활하다 보니 군인 가족이 아플 때도
거의 위생병이 관리해야 했다.

정월 대보름이었다.
저녁식사 후에 치료도 해주고 청소도 하던 차에
부대장님이 아내가 아프니 주사 좀 놓으라고 한다.
준비해서 30분 걸리는 거리를 걸어서 갔다.
불빛이라곤 하나도 없는 깜깜한 밤이지만
보름달이 비추어 훤한 느낌이었다.

주사기를 꺼내고 약병에서 약을 뽑아냈다.
사모님은 두 명의 자녀가 있는 평범한 아줌마였다.

동생 같기도 한 남정네 앞에서 엉덩이를 보인다는 게 쑥스럽기도 했
을 터. 부끄러운 모습으로 쓰윽 내리는데…,
(군의학교에서 배운 주사 놓는 방법은 똥꼬에 엄지를 대고 검지를 쭉 펴서
그 위쪽에 바늘을 꽂는 것이었다)
여자의 엉덩이가 크다는 말은 듣긴 했으나
적나라하게 본 것은 그때가 처음이었다.
허걱!
아니, 이렇게 큰 겨?
살며시 손을 갖다 대는데 가늠이 안 되는 거다.
가슴도 떨리고, 부대장의 아내이기도 하고
마음을 진정하기가 어려웠다.
그래도 오랜 짬밥으로 무사히 일을 마쳤다.

복귀하려고 일어서는데
이것 좀 먹고 가라며 상을 디민다.
오곡밥과 나물들…,
대보름이었던 것이다.
(사실 보름인지도 모르고 있었다. 군에선 알 필요도 없었고)
짬밥과는 비교도 안 되는 그 밥,
한 숟가락 입에 넣으니 살살 넘어간다.

씹지도 않았는데 넘어가는 거 같다.

고봉으로 퍼준 밥을 저녁 먹고 나와서 또 다 먹어 버렸다.

돌아오는 그 훤하던 밤길은

실실 쪼개지는 미소를 멈출 수가 없었다.

오랜만에 맛있게 먹은 흐뭇한 포만감에….

저 보름달보다 더 컸을 것 같았던 엉덩이의 놀라움에….

중간예찬

지나온 세월 돌이켜보면
나는 그저 평범하고 단순했다.

무엇 하나 잘한 것도 없지만, 남하는 건 대충 따라서 했으니.
복이 많아 경품에 당첨된 기억도 없고
조상의 은덕으로 유산을 물려받은 것도 없다.
그렇다고 굶어본 기억도 없으니 그럭저럭 살았다고 할 수는 있겠지.

배운 것도 박사 석사는 아니라도
적당히 배워 먹고 사는 데는 지장 없고,
떼돈을 벌어 흥청망청 써본 적은 없으나
돈 없어 구질구질하지는 않았다.
남들 결혼할 때쯤 결혼해서

애 낳고 아옹다옹 쌈박질도 하고
보금자리에서 즐거움도 맛보고….
집안에 식구들이 크게 아프거나 다쳐서 병원 신세를 지지도 않았고
자랑할 만한 건강미는 아니라도 고만고만 쓸만하니
얼마나 다행인가.

큰 부자를 꿈꾸지도
명예와 지위를 바라지도 않는다.

내 인생
험하다는 인생길을
높이 날아보진 못했으나
낭떠러지로 굴러 떨어지지도 않고
사잇길, 중간길 잘 찾아왔으니
특별히 할 말도 스릴도 없다.
난 그저 지금이 좋을 뿐.

이런 글이 생각난다.
장미꽃도 반쯤 핀 게 예쁘다오.
돛을 반쯤 올려야 순풍에 잘 가듯이

이 내 몸, 반은 자식에게 물려주고
이 내 몸, 반은 염라대왕께 가니
이렇게 말할까 저렇게 말할까
궁리도 반반일세.

_____ 소소한 행복

살면서 로또가 당첨되는 날이 온다면 좋은 걸까?
때론 사는 게 맹숭맹숭해서
뭐 좋은 일 없을까 기다려지기도 한다.
'멍' 때리면서 코딱지 파는 것도 개운한(?) 맛이 있다.

날마다 쇼킹한 일이 있을 리 없고
날마다 화끈한 재미가 있을 리 없다.
그저 고만고만한 일 속에 재미를 찾는 것이 아닐까?

아침에 운동할 때 자주 마주치는 노부부가 있다.
참으로 보기에 좋다. 부럽다.
뭐가 됐든 누가 보든 부부구나 하는 커플 복장이다.
여자분이 항상 반 발짝 뒤에 오면서 무슨 이야긴지 열중이다.

여자분은 시골 부잣집 안주인 타입으로
풍만한 몸매에 맘씨 좋게 생겼다.
남자분은 꼿꼿한 체격과 깐깐한 인상이다.
교감 선생님으로 은퇴한 듯한 인상이다.

나는 뛰고 그분들은 걷는다.
어디까지 갔다가 오는지는 모르나
걷는 것이 하루의 일과 중의 하나임은 분명하다.

자식들 이야기도 할 테고
친구들 이야기도 하겠지.
그 나이엔 그 나이대로 살아가는 이야기가 있겠지.
내가 부럽거나 꿈꾸는 건 별난 것이 아니다.
가장 평범한 걸 같이 누리고 싶은 거다.
건강하게 저기 저 노부부처럼 그 나이까지
아침 산책을 즐기고 싶은 거다.

복福자야! 일어서~

점심으로 자장면을 먹었다.
된장찌개, 김치찌개가 주된 메뉴지만
가끔은 국수가 그리울 때도 있다.
새로 생긴 중국집, 깔끔한 분위기에 넓은 창이 산뜻하다.

그 옛날 '허장강' 냄새나는 짱깨집도 그립지만
요즘 중국집은 레스토랑처럼 깨끗해서 좋다.

근데 요상한 게 있었다.
아무리 봐도 복福자가 거꾸로 붙어 있는 것이다.
"거참, 요즘 일하는 애들이 어려서 한문을 몰라
저리 거꾸로 붙였나?"
다시 둘러보니 똑같은 한문 '福' 자를 한쪽은 제대로,

한쪽은 거꾸로 붙었다.

무식한 놈들, 아무리 몰라도 그리 모르나 자슥들.

자장면이 나오길 기다리며

밖을 보기도 하고 메뉴도 다시 보고 '복'자에 대한 해석을 해보는데,

장식 중에 큰 福 자가 가운데 거꾸로 쓰여 있고

상하좌우로 작게 福 자가 제대로 쓰여 있는 게 보였다.

'거참 이게 뭔 일이데?'

분명 이건 일부러 거꾸로 붙인 것이다.

자장면 맛이 신통치도 않은데 값은 만만치 않다.

직원에게 물었다.

"저건 왜 거꾸로 붙였습니까?"

여러분은 알고 있습니까?

참 그럴듯한 발상이던데…. ㅎㅎㅎ

답을 아시는 분은 아시겠지요. ㅋㅋㅋ

복이 쏟아지라고 거꾸로 붙인답니다.

_____ 할배라니!

엘리베이터에서 할망 같은 누님이 나보고 '할아버지'라고 할 때 사실
충격이기도 했지만, 신경질이 났다. 나름대로 운동도 열심히 하고 담
배도 안 피며 요로콤 관리하는데 할배라니, 할배라니!

40대 초반 때,
저녁에 좀 세밀한 작업을 하려면 가물가물 잘 안 보이기 시작했다.
그 당시 늦게까지 일하는 경우가 많아서
눈이 나빠졌나 하는 생각이 들어 안과에 갔더니만
"노안입니다" 하는데,
정말 '꽝'하는 소리가 들릴 정도의 충격이었다.
이 젊은 나이에 노안이라니 어이가 없어서 말도 안 나왔다.
아이가 아직도 초딩인데 '노안'이라니~!!!
그러다가 차츰 그 충격에서 벗어나

다시 고요한 마음으로 돌아와 살고 있었는데….

머리를 다듬던 어느 날,
정신 나간 헤어디자이너란 놈이
"혹시, 군 장교님이세요?"라고 생뚱맞은 질문을 한다.
뭐야, 제대한 지 30년 되어가는 마당에
"아녀요" 떨떠름한 표정으로 쳐다봤더니
"머리 가운데 머리카락이 없어서…,
철모를 오래 쓰면 이렇게 되잖아요."
참, 별 개소릴 다 듣네. 아니, 그 정도로 머리카락이 없단 말여?
속으로 많이 놀랐다.

얼마나 허전하면 이런 소릴 다 듣나 싶은 게
그때 처음 머리카락 관리에 돈을 써보기도 했다.
점차 내가 느끼는 젊음도 무너져가고….
사우나에서 땀도 빼고 광내며 휴식을 즐기던,
시간이 널널하던 어느 날,
머리도 다듬어 볼까 해서 사우나 내에 이발소에 앉았는데
별 의미 없는 몇 마디가 오가던 차에 그 양반 하는 소리가
"이젠 염색하셔야겠는데요."

"예…?"
내 대답이 한 옥타브 높아지며 반문을 했다.
정말 그때도 무진장 놀랐다.
흰머리가 조금 있다고 생각은 했지만 염색이라니
노인네들이나 하는 염색을 나보고 하라니
이런 망할 자식이 있나.

거울을 본다.
아직 쓸만해 보이는데,
허허!
헛헛한 기막힘만이 느껴진다.

정말로 적응하기 힘들었던 세월도 지나가고
나이가 들다 보니 그럴 때도 되긴 됐지 싶기도 하다.
이제사 육체와 정신이 어느 정도 일치점을 찾았나 보다.

어머니 생신에

실로 오랜만에 어머니와 단둘이 아침식사를 했다.

오늘이 어머니 생신이다.

잔치는 이미 휴일에 당겨서 음식점에서 했다.

가만 생각해 보면 나는 지질이도 속 썩이는 자식이었다.

상대적이긴 하겠지만 다 큰 자식이 아직도 어리광이다.

"밥은 잘 먹고 다니냐?"

어머닌 걱정거리가 많다.

일찍 일어나 미역국을 끓였다.

며칠 전에 담근 깍두기도 병에 담고 고등어조림도 두 토막 담아

어머니께 전화 드렸더니 조금 전에 일어나셨단다.

요즘 딸내미 하는 꼴을 보면

속에서 끓어오르다 못해 터질 것 같다.

특별히 잘못하는 건 없지만 하나하나 하는 짓이 맘에 안 든다.

그 시절 내가 하는 짓도 어머니 눈엔 그러했을 터.

이제사 다시금 생각하니

부모는 다 그렇게 천지신명께 빌고 또 빌고

가슴 졸이며 사는 거구나 싶기도 하다.

어머니 생일 아침에 미역국 끓여 들고 가며

다 큰, 어쩌면 같이 늙어가는 아들을

아직도 걱정하는 부모 마음을 깊이 새긴다.

고맙습니다.

여기까지 혼자 온 게 아니었습니다.

하늘이 돌봐주기도 했겠지만,

앞에서 손수 헤쳐나가며 이끌어 준 건 어머니였습니다.

"밥 더 주랴?"

"네, 밥이 아주 맛있네요."

배가 불렀지만 조금 더 먹었다.

_____ 난 여자가 좋다

남자들끼리 모여 술 마시는 거 재미있다.

사업상 야그니까,

관심 갖고 세상 돌아가는 거 정도는 알아야 하니까.

또 술 취하니까 재미있고….

사실 별 야그는 없다.

잘 들어보면 다 자기 잘났다는 야그다. 자기 자랑하는 야그다.

걍 "너나 잘하세요." 해주고 싶을 때가 많다.

정치 야그하면 국회의원, 대통령도 다 한심해서 못 봐주겠다.

운동 야그하면 감독이 와서 한참 배우고 가야 할듯하다.

경제는 경제부 장관이 와도 울고 가겠다.

왕년 야그는 어떤가.

17대 1로 안 싸워본 놈 없고

월남 스키 부대 안 나온 사람 없다.

뻥은 빵빵 터져줘야 재미있는데 신문 방송에서 다 들은 야그다.

여자들은 좀 다르단다.

어느 병원이 잘 고치는지,

어디 가야 싸게 살 수 있는지,

아이는 어떻게 잡아줘야 하는지,

남자가 모르는 알토란같은 정보를 많이 이야기한다.

거기엔 서방 바람기 잡는 고급 정보도 있다더라.

여자들도 밤일에 관한 야시시한 노하우를 교환하기도 한다던데….

어디에 땅이 좋고 어느 아파트가 상승세인지는

여자가 더 많이 알고 있다.

한마디 한마디가 귀에 꽂히는 말이고 정보다.

구름 잡는 허망한 야그가 아니고 실제 상황이다.

오늘 저녁엔 뭐 해 먹나가 헤어지기 전에 주제니까.

몇 년 전에 문화센터에서 요리를 배웠다.

선생님이 하는 거 보고 나중에 맛보는 나름 즐거운 시간이었다.

문제는 남자라곤 나 혼자라는 거.

괜히 여자들이 나 때문에 불편한 거 같고,
혹은 다른 목적으로 왔나 하는 불편한 눈길도 있는 거 같고….
그래서 그만두긴 했지만, 여자들 틈에서 지내는 것도 괜찮았다.

이젠 핏대 올리며 내 주장을 펴지 않는다.
이젠 한눈에 봐도 거짓부렁인 걸 알지만, 그냥 듣는다.
이젠 자기 자랑인 걸 알지만 박자 넣어줄 줄도 안다.
이젠 자기 잘났다고 해도 묵묵히 들어준다.

ㅇㅁㅇㅁㅇㅁㅇㅁㅇㅁㅇㅁㅇㅁㅇ

이젠 여자들, 아니 아줌마와 하는 어제 본 TV 야그가 더 잼나다.
어디 가서 뭐 먹는 게 맛있는지 뭐 해먹는 게 맛있는지 그게 더 좋다.
어디 가서 어떻게 놀아야 재밌고 싼지 훨씬 잘 안다.
ㅋ~ 그러다 눈 맞을라.

_____ 가슴이 답답하네

딸내미가 예고 시험을 쳤다.
그동안 새벽 1시까지 그림 그리느라 고생이 많았다.

아비인 나로선 뭐 하나 해줄 것이 없다.
"힘드냐, 수고했다, 빨리 자라."
얼굴 볼 시간도 없었고 잠깐 볼 때 한마디씩 해준 게 다다.

아침 일찍 시험 보는 아이를 데려다 주며
"너무 잘하려고 하지 말아라. 평소 하던 만큼만 하면 된다.
잘하려고 하면 긴장돼서 오히려 실수하는 수도 있어."
손을 잡아주고 들여보냈다.

지난 일요일에 마라톤 대회에 나갔다.

이번은 추석연휴로 리듬이 깨지더니
모처럼 시간이 나도 음주가무로 보내서
도저히 하프를 완주한다는 게 무리다.
5킬로만 가자. 연습하러 온 셈 치자.
10킬로 간다면 대성공이다.
그 이상은 절대 무리다.

임진각은 온통 안개로 뒤덮여 있다.
출발!
3킬로미터, 몸이 더워진다.
4킬로미터, 땀이 난다.
5킬로미터, 아직 갈만하다.

딸을 생각하며 여기까지 왔다.
원하는 대로 붙어주면 좋으련만….
아이한테는 엄마의 손길이 필요하지
나야 그저 먼발치서 바라다 볼뿐.
"서정아, 힘내라. 서정아, 잘할 수 있어. 홧팅!"
수없이 속으로 외치며 달린다.
내가 딸을 이끌고 가기도 하지만 또한 딸이 날 끌기도 한다.

7킬로미터, 걸어가는 수준에 가깝다.

9킬로미터, 여기서 포기한다면

딸내미가 시험에 힘을 못 받을까 봐 마지막 힘을 내본다.

10킬로미터, 해냈다.

한 시간 이상을 오직 딸만을 생각하며 여기까지 왔다.

안개는 여전히 뿌옇다.

우리네 인생이 언제는 이렇지 않은 날이 있었던가.

누구인들 탄탄대로로만 가는 건 아니지 않은가?

엄마의 기도도 주변 사람의 기도로도

딸은 떨어졌다.

울면서 전화를 한다.

"괜찮다. 길은 많아. 많이 아파해라. 큰 경험했다.

3년 후 두 번 울지 않으면 된다."

일도 되지 않는다.

대충 급한 것만 끝내고 들어갔다.

딸은,

부은 눈을 하고 밥을 먹고 있다.

잘 먹는다.
그리곤 TV를 본다.

이거 어찌해야 하나?
나 혼자 가슴 졸이고 무슨 말로 위로해야 하나
답답한 마음인데
태평하게 TV를 보고 있으니….
'속이 타니 잊으려고 저러겠지.'

나도 속이 갑갑해 맥주에 소주 타서 한잔한다.

_____ 쉬엄쉬엄 살기

잘 산다는 게 무엇인가?
새삼스레 생각한다.

열심히 해라. 무엇을 하던 열심히 해라. 그렇게 배웠다.
죽었다고 생각하고 조금만 참아라.
좋은 세상이 온다. 그렇게 들었다.
난 열심히 하지는 않았다. 못했다. 난 다른 생각을 했다.

딸에게 말한다.
조금만 더 열심히 하면 지금의 1년이 널 20~30년은 먹여 살릴 거
라고, 지금부터 좋아하고 잘하는 것을 한 개라도 발견하면 네 평생
어디서도 즐겁다고.
난 정말 그 무엇을 잘하지는 못했어도 성실했고

나름대로 고민이 많았다.

공부란 게 그리 쉬운가?

국민학교부터 고등학교까지 결석 한 번 안 하고 다녔으면

최소한 무얼 해도 먹고살 기본은 되지 않은가?

난 그렇게 살았다.

잘하진 못해도 꾸준히 하다 보면 뭐가 되도 되겠지.

군에 갔다 오고, 결혼하고, 애도 낳고 정말 열심히 살았다.

뭐가 될 것 같기도 했다.

옆도 돌아보지 않고 무진장 일만 했다.

집에 와선 파김치가 되어 한 번 누우면 못 일어나곤 했다. 피곤했다.

열심히 산다는 건 무엇인가?

꿈이 있어 이루기 위한 노력이겠지.

아~! 끝은 있는 건가?

그래도 그땐 젊어서 밤일도 무섭지 않았다.

난 나대로 힘들었고 집에선 무슨 일이 있는지도 몰랐다.

세월이 가니 애는 쑥쑥 자라는데

물만 주면 자라는 것처럼 그런 줄 알았다.

아침 일찍 나갔다가 밤늦게 귀가하니 집에서 무엇이 즐겁겠는가?

난 그런 것 따위는 생각도 안 했다. 못했다.

나중에 편히 살면 되지 않는가?

너무 열심히 사는 것은 잘못이다.
때론 쉬어가며 주위를 둘러보며 가야 한다.
개미와 배짱이 2편에서 말하는 걸 듣지 못했는가?
시대가 바뀌었다. 열심히 하는 건 이미 옛날이야기다.
효율적으로 해야 한다,
짧은 시간에 집중해야 한다.
그것이 잘사는 방법이다.

밖의 일 너무 열심히 하지 마라.
70%만 하고 나머지는 집에서 힘써라.
집안일 너무 열심히 하지 마라.
70%만 하고 나머지는 힘들다고 도움을 청하라.
이것이 서로 사는 방법이다.

'도올 김용옥'이란 양반이 말하길
열심히 노력해서 간신히 갈 대학에 가지 말란다.
살살해서도 졸업할 수 있는 대학에 가란다.
그래야 이것저것 둘러보며 경험 쌓고 졸업해야

인생에 여유가 있는 거란다.

옛날에 이 이야기 듣고 "맞다 맞어!"를 연발하고도
그렇게 못 살았다.
이제라도 쉬엄쉬엄 살자꾸나.

추석이 예전 같지 않다

추석이 예전 같지 않다.

설렘도 없고 재미도 기다림도 없다.

경기가 바닥이다 보니 돈이 없어서일까?

추석은 시끌벅적하고 애들 떠드는 소리 들으며

낮술과 낮잠 자는 맛이 있어야

뭔가 명절을 잘 지냈다는 생각이 드는데

이젠 어린아이도 없고 송편과 빈대떡도 없다.

우리는 오래전부터 추석 음식을 준비하지 않는다.

겨우 제사상에 올릴 것 정도만 준비하거나 사온다.

어디 가든지 그 음식에 그 나물이니 잘 먹지도 않아서 조금만 한다.

차례 지내는 것도 편리에 따라 좀 일찍 일요일에 지내기도 하고 집에선 생략하기도 한다.

일찍 산소에 가서 차례 지내고 아침을 차례 음식으로 해결하고

남들 밀리는 길 올 때, 우린 집으로 간다.

남는 시간은 연휴로 쭉 하고 싶은 일 하면 된다.

정말 신식 중의 신식이라고 부러워하는 주위 사람도 있다.

허나 그 흔한 고스톱도, 거나한 술자리도 해본 적이 없다.

명절이 명절다워야 명절이지.

시골 다녀오느라 고생고생하고

음식 장만하느라 수고 많았던 친구들!

오랜만에 고향 친구 만나고 친지 분들 뵙고

한잔 술에 옛이야기도 하고….

부디, 그것이 행복이라 여기시게.

아내가 전 부칠 때 한 점 얻어먹는 것은 얼마나 맛있는가?

뒤집는 거 도와주며 하는 세상사 이야기는 얼마나 정겨운가?

아이들끼리 떠들고 싸우는 소리에 정신이 없어도

서로 정 나누며 쌓아가는 혈육의 끈끈함이 그리워지네.

몇 해 전 아내에게 말한 적이 있다.

차례 음식 장만한다고 생각 말고 우리끼리 먹을 거 해보자고.
빈대떡이 네모나면 어떻고 뒤집다 반 토막 나면 어떠리.
송편이 메주 같아도, 왕만두만큼 커도 가족이 도란도란 음식 만들며
애들과 얘기 나누며 추석 기분 내는 게 어떻겠냐고….
아내는 잊었나 보다.

올 추석에
형 집에 모여 식사를 했다.
중화요리와 닭가슴살 말이, 대구찜 등등
화려한 음식이었으나 같이 준비한 게 아니었고,
웃고 떠들던 딸도 조카도 성인이 되어 어째 서먹하기까지 하다.
복분자주 두 병을 다 먹지도 못하고 남겼다.

여보님~!
당신이 수고 좀 하시게.
추석 이브에 잔치 벌이세.
빈대떡 부치고 나물 무치고
형네 누나네 다 오라고 하고 막걸리 거나하게 취해서
노래방에 가서 소리도 지르고
오랜만에 형제지간에 조카와 빤스만 입고 같이 잠도 자 봅시다.

아버지의 판도라

국민학교 4~5학년 때다.

아버지가 개 한 마리를 얻어 오셨는데

그 개 이름을 '판도라'라고 작명을 하셨다.

도끄, 메리, 쫑, 백구, 황구 이런 이름이 대부분이었는데

판도라라는 황당한 이름을 이해하기엔 어렸다.

아마, 그 뜻을 설명해 주셨는데 잊고 있는 건지도 모르지만.

더군다나 그놈은 그 당시 흔치 않은 슈나우져 같은 종류였는데

대부분 똥개를 키우던 시절에 우리 개를 보고

할아버지같이 생겼다고 웃긴다고 했던 기억이 난다.

그때 아버님 연세가 40대 후반이었으니 지금 나와 비슷한 시기인데

분명 뜻이 있어 작명을 했을 터이다.

판도라의 상자에 남아 있는 '희망'을 생각하셨을까?

살기 어렵던 시절
판돌아! 판돌아! 부르며
골목을 뛰어다니고 씩씩하게 놀던 그 시절,
아버지는 무엇을 꿈꾸고 계셨는지
이미 돌아가신 지 오래되어
그 궁금증은 풀 수 없는 수수께끼가 됐다.

_____논산지에서

잘 산다는 건 적응을 잘한다는 것일 거다.

혼자서 낚시를 하러 갔다.

전국에서 2, 3번째로 크다는 논산지(또는 탑정지)엘 갔다.

이미 해가 중천에 떠 있는데, 이때는 낚시 타이밍이 아니다.

처음 온 곳이라 차로 한 바퀴 돌며 낚시 포인트 정찰을 하였다.

그 어떤 감탄사가 어울릴까?

배꽃이 활짝 수도 없이 피었다.

그저, 아~! 아~!

넓은 저수지 주변으로 하얗게 깔린 배꽃,

혼자 보는 게 아쉬움만 더 한다.

봄바람 맞으며 붕어찜에 쐬주 한 병 거뜬하게 하면서
아! 좋다. 세상이, 세월이….
느긋한 시간을 만끽한다.
젊은 시절엔 오직 낚시만이 목적이었기에
밥도 굶다시피 하고 낚시만 하였다.
주변 경치도 봄 냄새도 몰랐다.

이젠 힘도 딸리겠거니와
때를 기다려야 한다는 걸 경험으로 안다.

비닐하우스 안에 딸기가 예쁘다.
한 박스 샀다. 살아 있는 딸기다.
과즙이 쭉쭉 빨린다.

어느 정도 해가 기운 거 같다.
이제사 때가 된 거다.
몇 마리 잡아놓고 좀 여유가 생긴다.
호수에 비치는 새싹 나뭇잎이 아름답다.
하늘에도 심심치 않게 구름이 간다.
지는 해가 눈부시다.

나이 듦이란 사람다워짐이 아닐까?
예전보다 힘은 부족하지만
한 발짝 물러선 여유로움이 생겼다.

가까이서 뚫어지게 아니고
멀리서 전부를 보는 거다.

친구여!
이젠 천천히 걸어가세.
그럭저럭 많이 오지 않았는가?
주름살 흰 머리카락 일부러 감출 건 없네.
내가 걸어온 길 아닌가.
잔주름은 보이지도 않는다고.

_____ 어머니가 불쌍타

전화기를 통해 들리는 어머니 목소리가 심상치 않다.
힘이 없고 쓸쓸하고 저 밑바닥에 있는 걸
간신히 주워 올리는 듯한 목소리다.
"형이… 나가란다….."
어머니가 혼자 사시기 시작한 건 80세가 되면서였다.
나가서 혼자 살다가도 합쳐야 할 나이에….
오랜 고부갈등 끝에 내린 결론이었다.
그래도 형이 소위 '사'짜 달고 있어서 돈 문제는 없었다.

나나 누나가 보기에 모양새가 좋지는 않았지만
달리 방도가 없으니 지켜볼 수밖에 없었다.
한 4년 정도 문제없이 지냈는데
한 달 전에 버스에서 넘어져 허리를 다쳤다.

입원할 정도는 아니어도 거동을 못 하시니 형네로 들어가야 했다.

형네는 딸자식 시집보내고, 아들놈 해외연수 보내고 뒤늦게 다시 찾아온 신혼 재미로 살고 있던 차에 날벼락 맞은 꼴이 되었다. 자유롭고 거칠 것 없던 삶에 브레이크가 걸렸으니 불편하고 갑갑증이 나기도 했을 거다.

어머니는 일찍이 홀로 되어 장남을 아버지 대신으로 의지하며 살았다. 집안의 대소사가 형에게 맞춰졌고 누구나 그랬듯이 집안에 기둥으로 받들다시피 했다. 형도 나름 열심이었고 어머니 바람대로 성장해 큰 기쁨을 안겨 주었다.

어떻게 무슨 이야기가 형 부부와 어머니 사이에 오고 갔는지는 모르지만 결론은 파출부 붙일 테니 어머니 집에 가서 요양하는 걸로 되었다.

어머니는 아픈 몸을 이끌고 마땅치 않은 남의 손에 밥 얻어먹으려니 한심했던 것 같다.

그래서 나에게 전화를 한 거다. 형이 나가란다고.

이를 어쩐다냐.

머리통이 하얗다.

나도 혼자 사느라 지지리 궁상떨고 있는 처지에 어찌하란 말인가?

어머니가 불쌍하다.

못 배운 분도 아니고 상황이 이렇게 되다 보니 어머니 주장 내세우지
도 못하고 쫓겨나는 신세가 된 것이다.

그래도 형하고 형수가 잘해주었다는 말도 잊지 않는다.

아~!! 도대체 이게 무슨 시츄에이션인가?

늙고 힘없으니 자식도 지어미를 내쫓는구나!

늙으면 냄새가 나는구나!

어머니는 이제 무슨 생각으로 사실까?

이토록 큰 절망에서 어떻게 일어서실까?

참 곱던 어머니였는데 나이 드니 어쩔 수가 없구나.

사람이 어떻게 살아야 하는 건가?

내가 알던 세상과 내 눈앞에서 벌어지는 세상이 이렇게 다를 줄이
야. 내가 살아야 하니 어쩔 수 없는 결단도 내려야 하는 건가?

배운 건 많지만, 상식은 없고

아무리 사 모아도 기쁨은 줄어들었다는 요즘 사회,

부모도 이젠 정만으로 모실 수 있는 건 아닌가 보다.
이 현실이 두렵고
머지않아 내게도 닥칠 이런 세상이 무섭다.

내가 팔을 다쳐서 집안일을 못 하니 누이가 와서 청소를 해주었다.
누이를 모셔다 드리고 혼자 돌아오는 길에
어머닐 생각하니 가엾다.
불쌍타.

울컥 눈물이 난다.
지나온 세월은 추억으로 고스란히 남아 간직하고픈 건데
라디오에서 흐르는 연주곡이 아름답다.
눈물이 날 땐 펑펑 우는 게 보약이다.
답답하던 가슴이 많이 시원하다.
해결된 건 아무것도 없지만….

_____ 약 한보따리

젠장. 헐~~!

개도 안 걸린다는 여름 감기가 들었다.

그저 며칠 견디면 낫겠거니 했더니 심상치 않다.

삼 일째 되는 날에 병원에 갔다.

벌써 올해만 3번째가 되는 거 같다.

이런 적이 없었는데 면역력이 점점 약해지는 건가?

이젠 아픈 것도 싫거니와 자신이 없다.

아프면 부지런히 병원 신세다.

목이 붓고 춥고 덥고….

3일 치 약 처방을 받고 나오는 길이 어째 씁쓸하다.

조신하게 3일 치 약 먹고

집과 사무실만 왔다 갔다 했는데

우째 약발이 신통치 않고 오히려 더 심하다.

또다시 병원을 찾았다.

간 김에 혈압약 고지혈약도 처방받아

약국에 들러 약을 사니 약 봉투가 작아서 비닐봉지에 넣어준다.

비닐봉지에 든 많은 약을 받아들고 나오면서 이런 생각이 들었다.

그전 십 년 전쯤에 어깨가 아파 병원에 한참 다닐 때 노인네들이 약 봉투가 아니라 비닐봉지에 한가득씩 들고 나오는 걸 보며 '저것만 자셔도 배부르겠네' 했는데 이제 나도 약이든 비닐봉지 들고 나서는 게, 허허 어쩔 수 있나.

이 길은 나만 가는 것도 아니고 누구나 때가 되면 다 가는 길인 걸.

형님 누님들 따라 같이 가는 거지.

처음이라 어색한 거야.

곧 익숙해지고 자연스러워질 거야.

어찌 되었든 약 먹고 지금처럼만 살 수 있다면 됐지.

뭐 다들 그리고 사는 거라고

그러면서 알아가는 거라고…

3을, 아니 삶을…

까탈녀를 위한 변명

얼마 전 이발하러 갔었다.

이곳은 남자고 여자고 저렴하게 후다닥 해주는 그런 곳이다.

특히 이곳은 머리를 감겨주어서 좋다.

그건 그렇고

옆 의자에 여자 손님이 많이 거슬렸다.

거울로 요리조리 보며 요길 어떻게 하고 지지고 볶고

유난히 까다롭게 구는 게 영 내 맘까지 수틀린다.

미용사도 해먹기 더럽구먼.

아니 그러려면 좀 그럴듯한 데로 다니시지.

참 속도 좋다.

그런 요구를 묵묵히 받아주는 미용사가 가련하게 보인다.

싫은 표정도 아니고 친절한 태도도 아닌,

기다리는 손님도 있었는데도

기어이 자신의 요구를 다 만족시키고 일어나는 까탈녀.

세상엔 별별 인간이 다 있지.

다 똑같으면 재미는 없을 거야.

그래도 좀 심한 거 아냐?

까탈녀가 옷을 입고 계산하고 나오며

"언니, 수고했어."

주머니에 배춧잎 꽂아주고 나간다.

아!

으,

엉?

갑자기 까탈녀가 다시 보인다.

그래, 그럴 수도 있는 거지.

기왕 다듬는 거 내 맘에 들어야지.

좀 더 요구할 수 있는 거고 그래서 고맙다고 하는 건데 뭐.

까탈녀의 뒷모습을 내 눈동자가 따라간다.

_____ 학원비로 여행을

딸이라고 하나 있는 게 돈 잡아먹는 귀신이다.

초딩 때 발레 한다고 학원에 많이 갖다 바쳤다.

작품 하나 받고 발레 옷 하나 맞추고 이것만 해도 억수로 비싸다.

영세사업 사장으론 밀어주기 벅찼다. ㅠㅠ

중딩 돼선 그림 그린단다.

예고 가서 디자인한단다.

방학 중엔 학원비를 100만 원씩 갖다 바친다.

예고 떨어졌다.

고딩 돼선 학원서 살아야 한다.

그림만 하는 게 아니라 영·수도 해야 하니 엄청나다.

그림 잘 그려도 학업 성적 안 되면 꽝이다.

우리 딸 성적은 그리 좋진 못하다.

공부는 싫단다.
그림만 그린단다.
대학 갈 자신은 없고 전문대 간단다.
이건 뭐 거저 놀고 먹겠다는 심보다.

고2 여름방학이었다.
공부가 싫으면 그림도 쉬어라.
실컷 놀고 공부하고 싶을 때 해라.
6개월만 열심히 해도 3년 공부 다할 수 있다고
내 경험을 이야기해 주었다.

학원비에 조금 보태니 해외여행 갈 수 있겠다.
그래서 몽고로 갔다.
벌판을 말 타며 거닐었고
사막이란 곳도 구경하고 낙타도 타고
몽고텐트서 하룻밤 잠도 자보니
밤하늘 은하수는 놀라울 정도였다.

하기 싫은 거 억지로 시킬 필요 없다.
한참 나이에 견문을 넓히는 게 오히려 낫다고 생각했다.

올해 수능 봤다.
어떻게 커갈지 아직 모른다.
어쩌면 이제부터가 시작인지 모른다.

학원비로
해외여행 가고
제주도 가고
부디,
그것이 딸에게 학원보다 더 많은 공부가,
힘이 되었다고 느껴졌으면 좋겠다.

_____아무 일도 없었다

살면서 로또가 당첨되는 날이 온다면, 좋겠다.
로또를 사본 건 손꼽을 정도지만
날마다 새롭고 화끈한 인생은 그러다가 빨리 가는 거겠지.

하루 열심히 일해서 저녁이 편안한 거고
일주일 열심히 일해서 주말의 휴식이 달콤한 거고
한 달 빼이 쳤으니 내 손에 쥐어지는 돈 봉투가 행복한 거다.

예전 부부모임에서 내 발표순서에
아무 일도 일어나지 않았음에 감사하다는 발표를 했더니
웃음바다가 됐다.
내 표정은 진지했고.

사실 그렇지 않은가?

하던 일 그대로 하고 있고

먹는 거 때마다 잘 먹고 잘 보내고

마누라 인상 쓸 일 없었고 내 마음 고요하니

TV 보며 헤헤거리다가 잘 자고

아무 일 없이 하루가 가고

그게 행복한 거 아닌가?

멀쩡히 다니던 회사에서 짤리는 경우도 있는 거고

입맛 없어 못 먹고 이빨 아파 못 먹고

몇 일째 내보내지 못하는 괴로움을 겪는 사람도 많은데

걱정거리 한아름 가슴에 담고

TV 볼 여유조차 없는 괴로운 인생도 많다.

어느 농부가 오늘 날이 맑으니 낼 농약 쳐야겠다고 맘먹었는데

다음날 일어나니 비가 왔다.

그래서 농약 치지 못하는 날씨를 원망하며 술만 퍼먹었단다.

비가 오니 내일은 고추 모종 옮겨 심어야지 했단다.

다음날 일어나니 쨍하고 맑았다.

"이느무 날씨가 왜 이래." 성질부리며 또 술만 퍼먹었단다.

비 오면 고추 모종 옮겨 심고

날 맑으면 농약 치고 이래 살면 된다.

내가 하늘에 맞춰서 살아야지 하늘을 나에게 맞추라면 될 일인가?

그리고 막걸리 한잔 하면 그게 행복한 하루 아닌가?

하늘을 이래라저래라 할 수는 없다.

끙~

아직도 이렇게 간단한 삶을 실행에 옮기지는 못하고 있다.

하긴 그게 그리 쉬운가? 그렇게 살 수 있다면 이러고 살겠나.

구름 잡아타고 훨훨 날아다니겠지.

e- 더러운 세상

언제부턴가 은행이 사람을 괄시하기 시작했다.
공과금도 기계로만 받고
돈 많은 사람은 귀빈실로 모셔서 따로 일처리 해준다.
어쩌다 은행 업무 보려면
길어지는 시간에 화가 치민다.
나도 바쁘고 할 일이 많은데
멀뚱멀뚱 번호 쳐다보며 순서를 기다려야 한다는 게

한때 사업할 때나 집 살 때 돈 빌려서 이자 많이 낼 때는
VIP룸에서 귀빈대접 해주더니
열심히 일해 대출받은 거 갚고 나니
적금 든 것도 없고, 통장에 돈이 없다고 푸대접이다.
하긴 카드로 모든 걸 해결할 수 있고 텔레뱅킹도 있고

기계로 통장 정리하면 뭐 그리 섭섭할 것도 없지만
그래도 한마디 하고는 싶다.

"돈 있는 놈만 우대하는 더러운 세상~!!!"

나를 안아준 그 여자

난 아직도 그 여자가 안아주던 느낌을 또렷이 기억하고 있다.
정말로 사랑하지 않는다면
그렇게 안아주기란 쉽지 않을 거란 확신이 있다.
그것이 '사랑'이었다.

부부모임엘 갔었다.
그 여자는 봉사자였는데
전형적인 아줌마 스타일의 평범한 사람이었다.
자신의 살아온 이야기도 솔직하게 많이 해주었고
때론 지난 시절 이야기 중에 눈물도 보였다.
부부는 어떻게 살아야 하고 이해해야 하는지
그때 내 마음이 어떠했는지 느낀 내용을 편지 형식으로 적어
서로 발표하고 상대방 입장을 느껴보고 배우는 자리였다.

눈물도 많이 흘렸고 마음도 정화된 듯 깨끗했다.
그렇게 함께한 1박 2일의 시간이 지나고
헤어질 때 서로 안아주는 마지막 시간이었다.

사실 허깅Hugging이라며 안아주는 게 우리에겐 좀 서툰 인사법이다.
남자끼리도 가슴이 닿게 안아주기는 좀 '거시기'하다.
하물며 여성과의 허깅이라면
엉덩이 뒤로 빼고 가슴이 닿을까 신경 쓰이는… 쩝!

그 여자는 달랐다.
거침없이 나를 안아주었다.
아주 오래전부터 알고 지낸 듯이 가족과도 같이
가슴이 눌린다는 걸 느낄 수 있을 정도로 꽉
기분이 묘했다.

어찌 됐든 남자로서 느끼는 젖가슴의 푸근함
많이 놀라웠고 부끄러움 같은 것도 있었고 모성애도 느껴지는….
시간이 많이 흘렀음에도 가끔
고요한 마음이 찾아올 때 내 마음이 한없이 평화로울 때
그 여자가 안아주던 느낌이 온다.

이런 게 '사랑'이구나.

그 여자는 나를 진정 사랑으로 안아 주었던 것이다.

마음으로부터 우러나오는 깊은 사랑.

그래서 그 느낌이 이토록 오래 기억 속에 남아 있는 듯하다.

그 여자분을 다시 만난다면

내가 온 마음을 다해서 찐하게 안아줄 차례지만

아직도 내겐 그런 깊은 사랑을 나눌 만큼 품고 있지 못하다.

그때 날 안아주어서, 내 마음을 쓰다듬어 주어서

'고맙다'고 전하고 싶으나

그 여잘 다시 만날 일은 아마도 없지 싶다.

_____ 딸과의 이별

딸이 대학 기숙사에 들어가게 되었다.

워낙 공부랑 친하지 않으니 좀 먼 데로 가게 된 것이다.

기숙사에 들어갈 준비물을 사야겠다고 리스트를 들이대는데

참 종류도 다양하게 많기도 많다.

평소 뭐라도 도와주면서 해달라면 신이 나겠는데

걸레질 한 번 안 하면서 해달라는 건 많다.

그래도 안 사줄 수는 없으니 적어온 쪽지를 식탁에 올려놓았다.

저녁 먹으러 딸과 나왔다.

아무 말 없이 식당까지 걸어갔다.

음식이 나오고 말없이 다 먹을 때쯤에

"아빠는 나한테 해줄 이야기가 하나도 없어?

이제 기숙사에 들어가는데"

허허!

왜 내가 해줄 말이 없겠냐?

할 말이 너무 많아 무엇부터 말해야 할지 모르겠구먼.

"그래, 듣고 싶은 말이 있다면 해야지."

"아빠가 하는 말, 너에게 써준 글, 그것에 대해 반응이 있어야

아빠도 신 나고 또 다른 이야길 해줄 것 아니냐?"

"네가 아빠의 뜻을 따르지 않는다면,

그 무슨 소릴 하든 잔소리에 지나지 않을 테니…"

한번 말이 나오기 시작하니 줄줄이 사탕이다.

"너도 대학생이 되었으니 멋진 옷 한 벌 왜 안 사주고 싶겠냐?"

이 말엔 놀라는 기색이 역력하다. 듣고 싶은 말만 듣는 것이다.

한마디 하면 꼬박꼬박 말대꾸도 잘하더니 '순한 양'이 되었다.

알아듣긴 하는구나. 마음이 좀 가라앉는다.

내일 아침에 쇼핑하고 기숙사 데려다 주기로 하고

쇼핑 후에 네비게이션을 따라 고속도로로 들어선다.

개나리 진달래 활짝 피던 나의 대학 시절이 생각난다.

이쁜 척 꾸민 여학생과 말도 해보고….

설레던 젊은 날이여~

딸과 대학생활에 대해서, 살아가는 방법에 대해서,

인생살이 모든 것, 다방면으로 말을 주고받고 하려고 했다.

그러나

한마디 물어보곤 나의 설교(?)가 시작되었다.

해주어야 할 말이 너무나도 많았고 걱정이 컸다.

같이 생활하게 될 기숙사 친구와의 관계부터 세상 살아가는 방법이

어디 몇 가지로 정리되겠는가?

목이 말랐다. 속이 탔다.

물 한 병을 다 마셨다.

딸을 내 시야 밖으로 보내려니

하나부터 열까지 다 집어주고 싶었다.

생각나는 대로 잊어버릴까 더 빨리, 더 많이

목적지에 다 왔을 땐 오늘 이야기의 주요 내용 정리까지 해주었다.

"자고로, 네가 조금 손해 본다 생각하고 모든 걸 대해라.

그러면 네 마음이 편할 거고 여유가 생길 거다."

딸을 남겨두고 돌아오는 길은 홀가분하기도 걱정스럽기도 하다.

비가 종일 내리는데 멀리 보이는 산은
마치 높은 산처럼 꼭대기 부분만 눈이 쌓여 있다.

집에 돌아와
딸내미 방을 들여다보았다.
널브러져 있는 옷가지들.
이불이 벗겨진 침대

이젠,
이 집에 나 혼자다.
정말로
혼자가 되었다.

신세는 갚고 살아야지

책을 읽다 보니,

그이는 살아오면서 주변 여러분에게 신세도 많이 지고

여러모로 도움도 많이 받아 감사하다며

이제부턴 그 신세를 갚으면서 살겠노라고 썼다.

신세진 분에게 이미 애들과 함께 인사도 드렸다고 했다.

샤워를 하면서 생각해 보았다.

감사하고 찾아 봬야 할 분이 누가 있던가?

떠오르는 사람이 없다.

샤워를 다 끝마칠 때까지도

나도 일해서 먹고 살고 있고 자식 키우면서 살고 있건만

어디 그게 나 혼자 잘나서 혼자 모든 걸 이루었으랴.

열심히 뛰어다니는 게 기특해서 도와준 분도 있을 테고,
지치고 힘들 때 용기를 준 분도 있었을 테고,
외로울 때 친구해준 이도 있었을 테고,
괴로울 때 술 사준 이도 있었을 텐데
그 고마움은 어디에다 팔아먹고
마음속 적시지 못하고 이토록 메마르게 살아왔던가.

가까이 있는 부모 형제부터 다시 생각해 보아야겠다.
내게 일거리를 주는 분들께 다시금 감사 드려야겠다.
내 일을 도와주는 동료에게 고마움을 전해야겠다.

카인의 피

그는 나와 동갑이고 교우이고 족구 친구다.
알만한 회사에 다니고 적극적이며 활동적이고 매사에 솔선수범하는
누구와도 잘 어울리며 리더인 그런 친구다.

점심식사를 하러 가며 사적인 이야기를 나누다가
그가 명퇴를 하고 요즘은 다니던 회사와 연관된 일을 하고 있음을
알게 되었다.
"그랬구나. 난 여전히 다니던 회사 다니는 줄 알았지."
그가 그간에 있었던 사연을 말해 주었다.
노조 모임을 하면서 '찍히게' 되었고
변두리 쪽의 발령으로 6개월씩 외진 곳을 거의 다 돌았다고 한다.
그래도 쫓겨나면 안 되겠기에 참고 참으며 다녔다고 한다.
그러다 결국 회사와 연관된 조그만 사업권을 받아서 나온 거라고….

그의 아내는 자그마한 키에 야리야리한 게

음식 솜씨가 좋았지만, 김밥집을 할 정도의 몸은 아니었다.

어느 날 김밥집을 시작하고

그 친구가 휴일엔 아내 일 거들고 하는 모습을 보며

"살만한 사람이 얼마나 더 벌겠다고 저러나." 싶었다.

그 친구와 이야길 하면서

그때 왜 김밥집을 했는지 알 수 있었다.

"그랬구나. 그렇게 어려운 시절이 있었구나. 그래도 한마디 안 하고

어려움을 이겨내고 있었구나. 대단한 친구다. 너는"

위로의 마음이 가슴 절절했다.

회사에서 흔히 쓴다는 '왕따 발령'이 얼마나 힘들었을까?

그걸 이겨내야 하는 가장의 마음은 또 어떠했을까?

오죽하면 아내를 김밥 말게 했으랴.

생각하니 가슴 찡한 게 친구의 얼굴 보기가 민망했다.

한편으론 난 최소한 쫓겨나는 일은 없으니 얼마나 다행인지

설사 쫓겨나서 망한다고 한들

어디 가도 일할 기술이 있으니 얼마나 다행인가?

나에게도 카인의 피가 섞여 흐르고 있다는 사실을 그때 알았다.

_____화장실에 앉아

시 같은 건 잘 모른다.
도대체 뭔 소린지 알 수가 없다.
내가 알아들을 수 없는 시는
시로서 생명이 죽은 거라고 생각한다.

어느 날 화장실에 앉아
지나간 신문을 보다가
하도 볼 게 없기에 시까지 읽게 되었다.
작가가 나와 나이도 같고 생각도 끌린다.
내가 이 시인이 누군지 모르지만
아~!!
그렇구나
그대는 거기서 느끼는 대로

나는 여기서 느끼는 대로 비슷하구나.

해설에 이렇게 쓰여 있다.

어느 날 문득,

우리는 아픈 몸보다

마음이 먼저 풍화를 견디고 있음을 깨닫게 된다고….

여행 갈 땐 계획도 버려라

여행을 떠날 때 가지고 가지 말아야 할 것 3가지가 있다.
시계, 거울, 핸드폰이라고 한다.

밤에 출발한 여행길에 비가 내린다.
와도 너무 온다. 끝도 없이 퍼붓는다.
호미곶에 도착하니 훤해지기 시작한다.
우선, 사천만의 영양식(?) 라면으로 배꼬리를 채우고 보니
날은 영 좋아질 기미가 없어 보이고
일기예보 역시 비 올 거라 하고….

친구네 시골집에 모였다. 어머님께 인사 올리고
청어회, 꼴뚜기, 오징어로 소주 한잔 마신다. 청어회의 고소함이란….
콩잎, 호박잎 쌈에 강된장, 가자미 식혜,

그리고 이번 여행의 하이라이트
성게알~
숟가락으로 퍼먹는 흐뭇함. ㅎㅎㅎㅎ

때론 예상치 못한 일이 더 큰 즐거움을 준다.
비로 인해 계획은 애당초 없는 거나 마찬가지이고
먹고 마시고 자고
먹고 마시고 한 바퀴 돌고 자고
먹고 쉬고 먹고 자고 먹고 마시고….

이번 여행에서 얻은 교훈 한 가지.
3가지 가지고 가지 말아야 할 것에 한 가지를 더 추가한다면
'계획'도 버리고 갈 것~!!
그때그때 마음 가는 대로, 발길 닿는 대로 하늘의 뜻대로
그렇게 움직여도 기막힌 여행이 될 수 있음을 모두에게 권하고 싶다.

먼 길 운전하느라 고생한 친구,
그리고 3명의 부부 여행을 준비해준 친구,
고향집에서 신경 써준 친구의 형제들,
여러분에게 신세 많이 졌다.

간단하게 줄였지만

못다 한 이야긴 추억으로 간직할 것이고

두고두고 만날 때마다 '추억 더듬기'로 들어볼 기회가 있겠지.ㅎㅎㅎ

마지막으로 현지에서 배운 노래 하나!

동해까물에 맬치 났단다

맬치도 괴기라고 빌네 나드라…ㅎㅎㅎ

_____백오십만 원짜리 조기

올해는 더 더웠던 것 같다.

그래도 아침저녁 선선하니 살만하다.

아침식사하면서 신문에 끼어온 광고지를 보다가

'헉' 이건 뭐야?

선물용 조기 한 상자 열 마리가 백오십만 원이다.

아니 이런 걸 받아쳐 먹는 인간 주둥아리는 어떻게 생긴 거?

괜히 씩씩거려 본다.

포장 값이 십만 원이라고 쳐도

조기 한 마리에 십사만 원이다.

처음 기공소 취업해서 봉급을 받아들고

내가 이까짓 거 벌려고 한 달을 일했나… 처량했다.

필요 경비(식대, 차비 등) 빼고 바나나 한 송이 사고 나니 끝이다.

지금이야 널린 게 바나나지만 당시는 꽤 고가였다.
그렇긴 해도 동네 과일가게에서 팔았으니
벌벌 떨면서 살 정도는 아니었을 거다.

하여튼
150만 원이면 한 달 봉급수준의 돈일 수도 있는데
광고지에 떡하니 올라앉아 있느니 내심 불편하기 짝이 없다.
까짓것 한번 먹는 건데 좀 비싸다고 못 먹을 거야 없지만
그래도 그게 목구멍으로 넘기기가 쉽진 않을 거 같은데….

괜스레
아침부터 못 볼 것 본 거 마냥 기분이 더럽다.
그럴 필요도 없는 건데
세상은 그러거나 말거나 아무런 일없이 잘 돌아가는데
내가 뭘 어쩌자는 거냐.

아, 무르팍에 힘 빠진다.

_____내겐 아내가 있는 걸

갑자기 가을이다.

파란 하늘에 두둥실 떠가는 구름이 한없이 좋다.

추석연휴도 다 지나갔고

지난 일요일에 가까운 개울가에 갔었다.

피라미 잡던가 아니면 파란 하늘만 보다 와도 좋겠다는 심정으로

타프(그늘막)와 간단한 먹거리를 준비했다.

소주도 한 병 당근 있었지. ㅎㅎ

개울가에 도착해 장소를 물색하고 짐을 나르던 중에

40대 중반쯤 돼 보이는 부부를 보았는데

고추 말린 거 한 부댓자루 들고 와서 다듬는 중이었다.

라디오를 들으면서 이야기도 나누고

내겐 참 낯선 풍경이었지만 보기에 괜찮았다.

"저 양반들 일거리를 나들이로 승화시켰네.
보기 좋다~!! 낭만적이야."
그랬더니
"그런 걸 낭만적이라고 보는 당신 눈이 더 보배구먼, 뭐"

아내가 답해준다.
사는 게 무슨 재미인가?
이렇게 마음 합쳐가면서 사는 게 우리네 인생 아닌가!
꿀멘트 날려줄 줄 아는 아내가 사랑스럽다.
가슴이 훈훈해진다.
내 그래서 또다시 힘내서 일하는 거 아닌가.

숨 쉬는 거 공짜고
먹고 사는 데 별 지장 없고
자가용도 10년 된 거 있으니 웬만한 덴 갈 수 있고
집 있고 컴퓨터, 핸드폰, 냉장고, 세탁기 다 있다.
그래 '돈' 이것만 좀 부족하다.
그래도 얼마나 행복한가.
파란 가을 하늘에 구름과 태양을 종일 감상했고
그 누구보다도 나를 제일로 쳐주는 아내가 있는 걸.

_____무엇으로 즐거운가?

좋은 안주에 술 한 잔도 좋다.
가을 해변을 걷는 것도 좋겠다.
단풍이 한창인 산행을 즐기는 것도
가을 햇살을 즐기는 캠핑도

다 꿈같은 이야기라고?
시간이 있어야 갈 거 아니냐고?
돈이 문제라고?.
그렇게 '탓'하지 말고
지금 내게 주어진 환경 속에서 즐거움을 찾자.
지금 즐기지 못한다면
내일도, 내달도, 내년도 즐길 수 없다.

요즘은 가까이에 좋은 공원도 많으니 걸어도 좋고
자전거 타고 놀아봐도 좋고
간단한 도시락에 막걸리 싸서 북한산도 좋다.
그래, 이것저것 꿈지럭거리기도 싫다면
컴퓨터에 '찹스테이크'라고 쳐서 요리 한번 해보자.
남자가 대충해도 훌륭한 맛이다.

가끔은 안 하던 거 하면서 놀라게 해주고 점수 따놓으면
네 나중은 행복하리라~ ㅎㅎㅎ

_____ 발칙한 그녀의 정체는

친구 아버님이 돌아가셨다.

나는 주말이라서 시간적인 여유가 있었다.

그래서 문상 가는 시간을 일부러 입관하는 시간에 맞추어 갔다.

입관식의 진행은 이러했다.

우선 염하는 사람과 친인척 가족만이 가까이서 지켜보고 문상객은

유리로 막혀 둘로 나누어진 다른 공간에서 보게 되어 있었다.

몸을 닦고 옷 입히는 과정은 천으로 막아서 볼 수 없게 진행되고

면도하고 머리 빗질할 때

비로소 돌아가신 아버님 모습을 뵐 수 있었다.

이러한 일이 진행될 때

내 앞에 한 여인이 매우 슬피 흐느끼다 못해

몸을 가누기도 힘든지 주저앉았다.

같이 있던 친구(?)분이 부축해 의자에 앉힌다.

죽음 앞에 엄숙하고도 무거운 힘이 누르는 듯하다.

이렇게 가까이서 죽음의 모습을 보기는 두 번째다.

죽음이란 게 이런 거구나.

그냥 누워서 아무것도 못 하고 저러고 있는 거구나.

나도 흐르는 눈물을 찍어내며 삶의 의미를 다시 생각했다.

거의 한 시간에 걸친 예식이 끝나고 마지막 인사 차례다.

관에 옮겨지고 뚜껑을 닫으면 다시는 얼굴을 볼 수 없는 것이다.

가족이 관을 붙잡고 오열한다.

친인척과 가족부터 작별 인사를 나눈다.

"여보~!!! 미안해." 아~ 정말 눈물 난다.

볼에 손을 대고 말없이 눈물만 흘리기도 하고

옆에 바짝 다가앉아 가까이 바라보며 울기도 하고

아, 이런~!! 나도 어찌나 눈물이 나던지….

그리고 가족 이외에 각별한 사이인 지인 몇몇이 다가가서

마지막 작별 인사를 나눈다.

마침내

내 앞에서 흐느끼던 여인이 마지막 인사를 나누는데

두 손을 볼에다 대고 고개를 숙여서 키스를 하는 게 아닌가~!!!

엉~!! 아니~!! 저건 뭐야~~!!
갑자기 혼란스러웠다.

죽은 사람을 가까이 보는 것도 두려운 법인데
손만 댄다는 것도 쉽지 않을 터인데
영화를 너무 많이 본 거 아닌가?
이게 도대체 무슨 시츄에이션인가?
가족도 끽해야 볼을 만져보는 정도였는데
아니, 그러면 혹시….
아냐, 그럴 리가 없지. 도대체 무얼 상상하는 거야?
야, 이게 뭐야. 뭐지? 다 이렇게 사는 거야?
나만 모르고 있었던 거야?

돌아오는 길, 차 안에서 친하게 지내는 형님에게
이 사건에 관해 물었더니 아무렇지 않게 대답한다.
아파트 아래윗집에 살면서 친부모 딸자식처럼 살았다고.

암만 그래도 그렇지.
내겐 아직도 너무나 발칙한 장면이 아닐 수 없다.
흡~!!

평상심을 잃다

대학 동기 모임이 있었다.
그동안 모임이 구심점 없이 흐지부지되다 보니
다시금 결속력 있는 모임을 만들자는 취지였다.
이제 나이가 들다 보니 지난 시절이 그립기도 한 것이었다.

요즘은 모임이라는 게 밖에서 저녁 겸 삼겹살에 소주 한잔하고 헤어
지는 게 보통인데 집에서 한상 차린 대접을 받으니 고맙고, 친구의
마음을 알 수 있을 듯했다.
한창때는 술도 그렇게 많이 먹고 담배도 너구리 잡듯 하더니…. ㅎㅎ
나부터도 담배를 견디고 있으니 세월 많이 흘렀다.

대충 이야기가 끝나도
술도 한 순배 돌고 네가 잘났냐, 내가 잘났냐, 입씨름도 하고

야, 이 집 하도 넓어서 길 잃어버리겠는데….

그놈은 이제 연락 두절이야.

밑도 끝도 없는 말들이 오래도록 오갔다.

대리운전 불러서 집에 왔다.

오랜만에 좀 취기가 돌기는 했다.

잠자리에 누워서 오늘 필름을 다시 돌려본다.

이 친구가 사는 곳은 꽤 넓은 아파트였다.

아이도 셋이나 낳았다. 하나는 미국 유학 중이란다.

부부 사이도 다정하고 친구들 맞이해 주는 모습이 좋아 보였다.

자슥, 행복하겠다. 이러면 깔끔하게 끝나는 건데….

쩝쩝, 난 뭐하고 살았냐?

뭐 하나 그 친구보다 잘난 게 하나도 없구나.

도대체 난 무슨 생각으로 살아온 건가?

내가 인물이 못났나, 키가 작나, 실력이 모자라나,

그래, 내가 돈 욕심은 모자랐을 거야.

억지로 갖다 붙여보고 위안을 찾아보지만,

어느 한쪽부터 무너지는 느낌.

그래 무소유를 사랑하고 텅 빈 충만을 그리워하지 않았던가?

법정스님을 존경하고 자연과 함께하는 게 행복이라 하지 않았던가?
인간이 어찌 밥 먹는 것으로 만족하고 사는가?
음악과 그림과 영화와 문학과, 예술을 사랑하고
느낄 줄 알아야 행복 아닌가?

너는
그렇게 살아왔잖아.
앞으로의 계획에도 돈 버는 것보다
어떻게 인간답게 살고 노는가에 관심이 더 많잖아.
그냥 살던 대로 살면 되는데 왜 이제 와서 그러는 거야.
누구와 비교하면서 칙칙하게.
그럼 아직도 거짓부렁으로 스스로를 속이면서 산 거야?
사는 게 재밌다고 즐겁고 행복하다고 살아왔잖아.
남들 안 하는 것도 찾아서 즐기며 잘살아 왔잖아.

난 여기 서울서 좀 떨어진 곳에서
고만고만한 사람끼리 잘살고 있었는데
좋자고, 즐겁자고 만난 친구를 보며 내 마음이 이렇듯 흔들리다니
누가 뭐라고 해도 '도사'처럼 꼿꼿하게 살 수 있으리라 믿었는데
아직 한참 덜 익은 놈이로구나.

직장도 이 동네고 여기서만 살던 내가
서울을 너무 깊숙이 들여다보고 왔나 보다.

자고 일어나면
또다시 살던 데로 움직이겠지.

당신은 이별을 너무 쉽게 이야기하는군요

한창 일하던 시절엔 정말 거침없이 하이킥이었다. ㅎㅎ
책상에 카세트 테이프 몇 개 갖다놓고
그때그때 좋아하는, 유행하는 테이프를 갈아 끼면서
노래만 나오면 신 나게 일을 했다.
그것은 마치 논산 훈련소에서 조교가 호루라기 불어주면
저절로 발맞추어 행진하던 것과 다르지 않았다.
노래가 나오면 일했고
호루라기 소리가 들리면 기계처럼 움직인 게….

그렇게 바쁜 중에도 여친을 만났고, 친구와 술도 마셨고 다했다.
하룻밤 자고 나면 쌩쌩하게 또 일했고
음주가무가 심했던 날도 오전만 어떻게 견디면
오후엔 싱싱해져 일했다.

퇴근이 가까우면 오늘은 또 어디서 무얼 하나
도심에 하이에나가 되고~ㅎ

여친을 만난 어느 날
무슨 심각한 이야길 했는지는 모르겠고, 헤어지자는 말이 나왔다.
그 말을 들으니 도대체 할 말이 없었다.
그냥 이렇게 헤어져야 하는 건가?
그동안 공들인 시간은 다 무언가?
서로 좋다고, 보고 싶어 안달하던 그건 다 무언가?

만감이 교차하는데 불쑥,
"당신은 이별을 너무 쉽게 이야기하는 군요."
하고 중얼거리듯 말했다.
그랬더니 그녀의 눈빛이 흔들리는 거였다.
분명, 그걸 느낄 수 있었다.

"당신은 이별을 너무 쉽게 이야기하는 군요…."
이건, 내가 일하면서 듣던 테이프에서 나오던 팝송 가사였다.
팝송이 쫙 깔리면 이종환 씨가 가사를 읽어주던 그런 테이프였는데
그 가사가 생각나 중얼거린 게 소위 먹힌 거였다. ㅎㅎㅎ

지금도 가끔 좋은 시가 있으면 외우기도 하곤 하는데
이젠 기억도 쉽지 않고 설사 기억이 되어도 금세 잊어버리니
좋은 시절은 다 간 것 같다.

_____ 딸에게

세상의 크기는 얼마나 큰가?
어마어마하게 크겠지.
우리가 사는 이 지구 공간. 그리고 태양계, 은하계….

딸이 학교 졸업도 전에 취업을 했다.
그동안 받아만 쓰다가 자신이 벌어 쓴다고 생각하니
스스로 뿌듯하고 대견하다고 느꼈을 것이다.
부모 된 마음에 직장 생활 잘하려나 여러 걱정이 있었지만
자신을 갖고 배우는 마음으로 열심히 하라는
좋은 말만 간단히 적어서
옷 한 벌 사 입으라고 용돈과 함께 주었다.
글에 대한 답변은 없고 옷 사 입을 돈에만 감동되어서
"아빠 용돈 고마워~" 감격한다.

에구, 이런 지지리도 못난 것.

세상이 뭐가 그리 바쁜 것도 없어 보이는데

식구가 모두 식사 시간이 다르다.

식구들이 모여서 식사를 해야 서로 무슨 생각을 하고 사는지

하다못해 식사 기본예절이라도 보고 배워야 할 배울 텐데….

다 알고 있다고, 나가선 다 잘하고 있다고 큰소리다.

그래, 머리로야 다 알겠지.

허나 습관이 되어 있지 않으면 늘 긴장하고 있어야 하니 사는 것 자체가 피곤해진다는 사실을 아는지?

우리가 알고 있는 기본을 어디서나 지키고 행동으로 옮길 수 있다면 이미 상당 수준의 경지에 이르렀기에 무슨 일을 하든 거칠 것이 없으리라.

이제 겨우 집 식탁 벗어났다고

친구들, 선후배들과 술 한잔 하면서 떠들어댄 것 가지고

세상을 다 안다, 다 알 수 있다, 자신만만하다.

젊으니까 그 자신감만큼은 크게 사주겠다.

그러나 다 안다고 떠들진 마라.

앞으로 수십 번을 깨지고 넘어져야

비로소 네가 집 식탁이 그리워 돌아올 테니

그때까지 기다리마.

세상은 어마어마하게 크다.

다 아는 것 같은데 그걸 알고 나면 더 큰 게 있다.

십 년을 더 공부해서 더 큰 게 무엇인가 알았을 때

내가 아는 것이 없구나 하는 게 인생이다.

말없이 보여주는 것이 가장 큰 가르침일 텐데

하도 답답하여 벽에라도 소리치지 않으면 제명을 못살 것 같아

이렇게 주절주절….

에잇! 빌어먹을!

ㅜㅇ소ㅓㄷ&#ㄹㄴ져ㅛ거ksuheeu츠르듁2

4ㅒㅑ4ㅏㄱ;ㅒ/m/

@@#

&2

%

@

속이 좀 가라앉았다.

_____ 개가 죽었다

오랫동안 함께 살던 개가 죽었다.

요즘은 집안에서 키우니 개도 가족이나 마찬가지다.

딸이 초등 저학년 때 사왔으니 십여 년을 희로애락 했다.

작년부터 몸이 많이 쇠약해져 가는 모습을 보이더니

지난겨울에 갑자기 쓰러져 인공호흡(?)으로 간신히 살려냈다.

대소변도 점점 가리지 못하고 종일 누워 있었고

가끔 경련이 오는 듯 꺼떡꺼떡거리다 주저앉곤 했다.

오줌 냄새로 집안은 찌들고, 개 수발까지 들어야 하는 수고로움도 있지만 함께한 세월과 재롱떨던 모습, 어찌 보면 나와 함께 늙어 간다는 애잔한 마음이 들어 잘 보살펴 주었는데, 이제 다시 한 번 쓰러지거든 일어나지 말고 그냥 편한 데로 가라는 그런 생각도 들었다.

혼자 사시는 어머니에게 내가 할 수 있는 게 고작 전화 가끔 드리는 거다.

"이젠 힘들어서 밥 퍼먹는 것도 힘들다."

"여기저기 다 아프다. 안 아픈 사람이 알겠느냐마는"

그러니 어떻게 해야 하나

"약 드셔도 그래요?"

"어떡해요. 그래도 밥 드시고 힘내야지요.

억지로라도 운동도 하세요."

다 공허한 소리다.

"그래, 술 좀 그만 먹고 차 운전 조심해라."

내가 고딩 때 외할머니와 함께 몇 년을 살았다.

어머니가 할머니를 모시고 온 것이다. 사연이 있긴 했지만.

그러다 할머니가 많이 아프고 나서 외삼촌네로 다시 갔는데

그 후 얼마 되지 않아 돌아가셨다.

딸네에서 죽는 거보다

그래도 아들네 가서 죽어야겠다는 생각이 드셨던 것 같다.

이젠 털도 많이 빠지고 부스스하던 개가 죽을 때

안방 문 앞에 와서 쓰러졌다.

아내가 개가 이상하다고 깜빡 잠든 나를 깨웠을 땐

이미 돌이킬 수 없는 상태였다.

이걸 어떡해야 하나. 한밤이라 어찌해야 할지 당황스러웠다.

우선 잘 가라는 기도라도 해줘야겠는데

어떻게 입을 떼야 하는 건가?

이렇게 가는 거구나. 같이 지낸 날들이 영화처럼 펼쳐 지나간다.

개도 때를 알았던 것일까?

작별인사하려고 예뻐해 준 내게 오다가 쓰러졌나 보구나.

어머니 건강 상태가 안 좋다.

누군가 옆에서 돌보지 않으면 안 될 시점이 다 되었다.

요양소에 모셔야 할 것 같다. 형이 말했다.

마음속에선 거부반응이 오는데

머리에선 복잡한 프로그램이 돌아간다.

내가 모신다고 말하지 않는 한 무엇을 어떻게 하겠는가?

어머니가 할머닐 모셨고, 외삼촌네 가서서 돌아가신 걸 경험한 당사

자인데 힘도 없고, 혼자인 것이 외로워 가족이 그리운 건데

현재 사회구조는 힘없는 노파를 요양원으로 보내야 한다.

가족 중에 누구도 어머니를 돌볼 수 있는 여유로운 사람이 하나도

없다. 그럴 마음이 있기나 한 건가?

아~ 어머닌 이제 무슨 생각으로 사실까?

아침에 일찍 일어나 죽은 개를 등산가방에 넣고 앞산으로 향했다.

캔디야~!! 그동안 고마웠다.

늦은 저녁 불 꺼진 어둠 속에서도 너는 반기며 마중 나왔고

산책길도 너와 함께라서 두 배로 즐거웠고

내가 TV를 보면 너는 나를 보다 잠들었지.

우리 가족은 너에게 많은 즐거움을 받았는데, 너는 어떠했는지….

부디 좋은 곳으로 가서 편히 쉬어라.

나도 나이가 들고 때가 되었을 때

누군가가 그리워질까?

누구에게 "이제 가렵니다" 하직인사 올려야 할까?

살아온 보람은 있었을까?

한세상 살면서 무엇을 남기고 가는가.

나로 인해 즐겁고 행복한 사람은 있었는가.

_____ 다하고 살 순 없지

남들이 하면 나도 하고 싶다.

기회가 되고 할 수만 있다면 하고 사는 게 좋겠지.

좋은 세상 훨훨 날아다니며 뭔들 못하겠느냐마는

시간도 있어야 하고, 힘도 있어야 하고 물론 돈도 있어야 한다.

돈, 힘, 시간, 이 세 가지가 맞아 떨어져야 나도 할 수 있는 것이다.

그래서 난 몇 가지는 아예 하지 않기로 마음먹었다.

화투, 카드, 로또 등 노름 비스므리 한 것은 아예 쳐다보지도 않는

다. 직장 생활할 때 고스톱이나 포커 많이 즐기긴 했다.

틈만 나면 기공소 한 켠에 있던 골방에 들어가 고스톱을 쳤고

점심 먹고 내기 바둑을 두는 건 거의 일상이었다.

일 많아 밤일하는 거야 어쩔 수 없지만, 일찍 마치는 날도 화투 치

느라 밤일하고, 내기 당구 치느라 밤새고 돈 잃고 씁쓸해 한잔하고,

따면 땄다고 기분 좋아 한잔하느라 더 늦고,

담배는 또 얼마나 피워 댔는지.

노름해서 목돈 생긴 적 한 번도 없고 술 담배로 몸 버리고 한방이라는 정신적 폐해?, 그리고 시간 낭비, 좋은 게 거의 없다.

그래서 어느 순간 딱 결론을 내렸다.

"화투 말고 다른 거 하자"

'골프'하면

나에겐 부르주아, 뇌물, 접대, 시건방 등 부정적 이미지가 먼저 떠오른다.

골프가 대중적 인기를 끌 때 주위에서 같이 하자는 친구가 몇몇 있었다. 골프채 줄 테니 3개월 레슨 받고 필드 같이 나가자고 했지만 남들 한다고 다 따라하면서 어떻게 사느냐고 사양했다.

그 후에도 몇 번의 권유를 받았지만 난 내 신념대로 살겠다고 했다.

내가 웬만한 건 했다 하면 너무 잘하거든.

골프~! 그까짓 거 막대기 휘둘러서 구멍에 공 넣는 거~ 그게 뭐 대단한 거라고 근거 없는 자신감(근자감)으로 스스로를 위로하면서….

어릴 때부터 스케이트를 좀 탔다.

군에서도 대대 대표로 뽑혀 타기도 했으니까.
그런데 어느 때부터 스케이트 시대는 가고 스키가 뜨기 시작했다.
자가용 지붕에 스키 매달고 다니는 게 멋져 보였다.
그땐 일 배우기도 바쁜 시기라 스키장 근처에 얼씬거릴 틈도 없었고
언젠간 나도 자가용에 스키 매달고 떠날 날이 오겠지.
그러다 세월이 다 갔다.

추운데 나가는 것도 귀찮아졌고
어느덧 운동 신경도 둔해져 무섭고
꼭 해야 할 이유가 있다면 하겠지만 이제 와서 그럴 필요도 없고
안 하는 건지 못하는 건지 모호하지만,
아내가 스키장 구경이라도 가자고 할라치면
"세상에 모든 걸 다하고 살 순 없어.
내가 몇 가지 안 하는 거 알잖아. 노름, 골프, 스키."
무슨 대단한 거 하는 양 큰소리 뻥.

좀 과하게 하는 것도 있다.
어느덧 낚시 장비가 사무실 한자리를 차지하고 있고
웜과 메탈 등 자잘한 거 모아두는 서랍장이 있다.
한때는 일주일을 낚시 가는 준비로 가슴 설레며 살았고

한 달에 네 번밖에 못 가는 내 신세를 한탄하며
주말 과부라는 아내와 다툼도 많았다.
오직 낚시만을 위해서 해외여행도 두 차례 했으니
나름 복 받은 인생이다.

지금은 마음이 아주 여유롭다기보다는
추운 것도 싫고, 더운 것도 싫고, 돋보기도 챙겨야 하고
살수록 필수필요 장비가 늘어간다.
어떤 때는 그냥 편하게 소파에 앉아 치맥하며
FTV 보면서 대리 만족하는 게 좋기도 하다.

핑곗김에 여행

누님이 대장암 진단을 받았다.

5년 전엔 매형이 대장암으로 수술했다.

나도 그때 처음 대장 내시경을 해보았다.

찝찔한 물도 많이 마셔야 하고

똥구멍으로 들어오는 내시경이란 놈의 첫 접촉이란….

헐~! 당혹감~!!

대장 속을 모니터를 통해 내 속을 내가 들여다 본다.

밑이 터진 바지 입고 꾸부정 옆으로 누워서.

술 많이 마신 게 후회되고, 제때 맞춰 식사 못 한 게 후회되고,

섬유질도 평소 많이 먹어야 한다던데.

쑤우욱 들어갔던 게 쑥 나온다.

깨끗하다.

휴~~~ 얼마나 다행인지 술 좀 작작 마시자.

스트레스 받지 말자. 그게 내 뜻대로 되는 건 아니지만 다짐한다.
그러나 그 다짐이 얼마나 오래 갔는지는 말하기 쑥스럽다.

누님 병문안 다녀와서 다시 대장 내시경 검사를 받았다.
처음 내 속을 들여다볼 때와는 달리 모니터가 4번 피로 물들었다.
용종이 4개, 절제술을 받은 것이다.
5년 만에 깨끗하던 대장에 용종이 생긴 거다.
돌이켜 생각하니 당연한 일이기도 하다. 먹고 살긴 더 어려워졌고
딸내미 질풍노도 중고 시절을 가슴 조이며 살았다.
스트레스와 그에 따른 술이 늘 함께 했으니
이만한 것도 감사해야 할 판이다.

사람이 살아 움직인다고 다 멀쩡한 게 아니구나.
멀쩡하게 함께 산에 다니고 술 한잔 즐기던 친구가
암 투병 중이라고 핼쑥해 나타나고
건강했던 사람이 어느 날 갑자기 죽는다는 게
남의 일 같지 않게 느껴졌다.
가까이서 벌어지고 있는 실황이란 걸 본 것이다.
그래, 오늘을 즐겁게 살아야지, 내일은 내일 걱정하고

예금통장 잔액을 확인해 보았다. 젠장!

돈이란 건 언제나 내가 무얼 하기엔 부족하다.

이럴 때 이용하는 비장의 카드가 있으니 일하면서 모이는 금가루.

여행사 검색하고 예약하고 그 전에 며칠 일 봐줄 친구 섭외하고

아내에게 말했다.

"사는 게 뭐야?"

"우리가 얼마나 살는지, 언제 아파서 누울지 누가 알아?"

"나 용종 떼어낸 거 봤지, 인생 몰라."

"여보, 우리 건강할 때 어디라도 갑시다.

당신도 그동안 고생 많았고 이제 우리도 즐기며 삽시다."

아내는 돈 들어갈 구석도 많은데 했다.

금가루 판돈을 '딱' 내놓으며 말했다.

굵게 생긴 거 아니면 갑시다. 먹고살 것만 남기고 털어 봅시다.

용종 4개 때문에 유럽여행 9박 10일 다녀왔다.

난 거기서도 떠들고 다녔다.

용종 4개 떼어내니 세상이 새롭게 보이더라고,

그래서 이 좋은 세상 구경하러 왔다고,

과연 세상은 좋더라고, 세상은 넓고 구경할 것도 많다고…. ㅎㅎㅎ

아카시아 향기 바람에 날리고

지난 토요일 아침에 앞산으로 산보를 갔다.

1시간이나 2시간 정도 코스를 자유롭게 할 수 있는 야트막한 산으로 자주 가는 곳이다.

입구에 도착하니 지난주엔 못 느꼈던 아카시아 향기가 가득하다.

이젠 봄이 다 간 거다.

정상이랄 것도 없는 꼭대기에 오르니 제법 땀이 흐를 정도의 날씨다.

토요일도 쉬니 여유가 있어서 좋다. 그래도 일요일 저녁이 되면 무얼 했던가 아쉽지만. 내려오는 길에 아카시아 꽃을 몇 송이 땄다.

어릴 때 따먹던 기억도 있고 해서…. 역시 옛 추억 속의 그 맛은 아니다. 추억은 추억으로 반가울 뿐 두 송이를 집까지 가져왔다.

"눈감아 봐. 선물 줄게."

코에다 아카시아 꽃을 갖다 댄다.

아내도 그 향기에 반가워한다. "어디서 났어?"

산에 널린 게 아카시아 꽃인데 뭘 ㅎㅎ

여자들은 이런 걸 좋아한다. 조그마한 관심. 깨알 같은 사랑(?)ㅎㅎ

아내가 좋아하니 나도 좋다.

오후엔 친구가 주최하는 노래공연엘 갔다.

그는 학창 시절부터 노래를 잘했다. 소리를 배우고 열심이더니 벌써 12번째 자기 집 앞마당에서 노래 공연을 하는 것이다.

막걸리와 먹거리도 푸짐하게 준비해 놓고 친구 중에 제일 부러운 친구다. 다른 건 몰라도 마음 넉넉하고, 영혼이 자유롭지 않은가?

작년엔 몽골인이 부르던 '바람소리', '떠오르는 태양'이란 노래가 새롭게 들리더니 올해는 '향수'를 부른 가수 이동원 씨가 새롭게 느껴졌다. TV에 나오는 가수는 역시 차원이 다른 성량을 갖고 있었다.

막걸리 거나하게 먹고 흥겨운 노래도 즐기고 마음도 두리둥실~~~

아내가 운전해 주는 차를 타고 집으로 향한다.

송추 쯤 지나는데 열린 차창으로 아카시아 향기가 들어온다.

예전에도 이 길로 수없이 많이 다니던 곳인데도 이 향기를 맡은 기억이 없다. 그땐 마음속에 다른 것들이 꽉 차 있었기 때문일 것이다.

이젠,

여유롭게 아카시아 향기 즐기는 나이도 됐고

무엇이든 맘먹기 나름 아닌가?

"아~ 인생 즐겁다 말하지 아니하지 아니할 수 없네."

장난치는 내 말에 아내도 동의해준다.

낮술

해 떠 있을 때 퇴근하는 게 소원이었던 적이 있다.
한참 일 배울 때라 늦게 퇴근한다고 불만이 있는 건 아니었지만
가끔은 일찍 해 떠 있을 때 퇴근하면서 치맥 한잔하는 게 부러웠다.

요즘같이 해가 길 때는 부지런 떨어 해 떨어지기 전에 맥주 한잔 할
수는 있었다.
누구는 날이면 날마다 정시에 퇴근하고도 월급 또박또박 받는다는
데 이느무 직업은 어찌 날이면 날마다 별 보고 퇴근이냐.
낮엔 집에 가본 적 없어 못 찾아 들어간다. ㅋㅋ

신세 한탄.
푸념.
부어라. 마셔라.

이놈의 세상, 잘난 놈들이 그렇게 많냐.
너만 잘났냐? 나도 잘났다. 쓰벌~!

벌써 취기가 올랐다.
날은 덥고 일찍부터 시작한 술이 많았다.
비틀거리며 골목으로 들어서면 멀리 희미하게 보이던 별.
아내와 새끼들이 나를 기다리며 형광등 밝혀 놓은 전셋집.
보일 듯 말듯 알 수 없는 미래를 걱정하던 지난날들….

참 많이 지나왔다.
여전히 앞날은 알 수 없고
어디가 끝인지 모르는 인생길을 가야 한다.
그래서 가끔은 낮술에 취해 흔들흔들하며
여기가 어딘지도 모르는 길을 걸어
집까지 가보고 싶다.

_____死者로부터 온 메시지

死者로부터 문자를 받아 본 적이 있는가?

호수공원 예술 축제 구경하느라 마음이 들떠 있었다.

이것도 봐야겠고, 저것도 봐야겠고….

잠시 앉아서 다음 볼 공연을 고르고 있을 때 문자를 받았다.

친구 이름이 떴다.

투병 중인데 좀 살만해졌나

생각하면서도 불안한 마음이 들었다.

"오늘 아빠가 하늘나라로 가셨어요."

아니 이렇게 쉽게 금방 가나?

"여보, 그때 아프다던 그 친구 있잖아, 죽었대."

"어머, 안됐네. 저녁 같이할 때만 해도 좋아 보이던데…."

그러면서 길거리 공연을 보았다.

암으로 아프더니 그렇게 죽는구나.

친구의 죽음을 담담히 받아들였다고 느꼈다.

'노들기'라는 10분짜리 짧은 공연이 나름대로 의미심장했다.

다음 보러 간 공연은 옆 장소에서 하는 영화음악이었다.

워낙에 유명한 곡들이라 들으면 다 알 수 있었다.

그런데 노래에 빠져들 수가 없었다.

점점 친구의 죽음이 되살아났다.

한참 젊은 시절,

서울 중심가를 누비며 술 마시러 다니고 밤새워 일하고

연애도 하고, 아~~그땐 무슨 고민이 그렇게 많았는지….

그냥 살아 있기만 해도 복 받은 시절이었는데….

배낭에 싸온 막걸리를 나팔 불듯 마셨다.

가을밤, 아름다운 노래가 퍼져 흐르고

친구의 얼굴이 어른거리며 가슴 한편이 찌르르하다.

그와의 젊은 시절을 생각하니 눈물이 핑 돈다.

저녁을 안 먹은 탓도 있지만, 막걸리 한 병을 그 자리서 다 비웠다.

마지막 공연의 하이라이트는 불꽃놀이.

호수 반대편에서 터지는 환상의 불꽃이

정말 황홀하게 밤하늘에 퍼진다.

너는 갔는데 축제가 한창이구나. 펑펑 불꽃이 퍼진다.

찬란한 인생을 짧게 마치고 가는구나. 펑펑 불꽃이 터진다.

하고 싶은 거 다 하고 갔으니 후회는 없겠다. 자슥아 너는.

펑펑 불꽃이 터진다. 오~~ 불꽃이여!

친구 중에 네가 일등했구나. 뭐 좋은 거라고….

잘 가라. 친구야.

오늘은 너 생각만 한다.

아내와 손잡고 걷는 이유

일요일 족구 동호회로 운동하러 나갔더니
한 친구가 나를 보고
"형님, 형수님하고 사이가 엄청나게 좋던데요."
우유 대리점 하는 친구가 부럽다는 듯이 말한다.
"헐, 어떻게 알았어?"
"우유 배달하러 가다가 형님 봤는데
형수님하고 손 꼭 잡고 가던데요."
내가 그랬던가? 잠시 생각했다.
"우 하하하 맞아. 오래 살면 사아가 좋아져.
서로 측은하게 느껴지기도 하고"

그랬다.
나는 평소와 다르게 아내와 손을 꼭 잡고 성당엘 갔다.

집을 나서며 무슨 이야길 하다가 아내가

"노부부가 서로 싸우면서 손잡고 다니는 건

넘어질까 봐 손잡고 다니는 거래. ㅎㅎ" 하기에

"그럼 우리도 손잡고 가면서 한번 해볼까?" 하면서

"살림 좀 잘해 봐"

"아이고 그러세요. 돈 좀 많이 벌어오시면 저절로 되지."

이렇게 낄낄거리며 손잡고 서로 '디스' 해댔던 거였다.

분명, 남이 보기에는 얼마나 사이가 좋으면

저렇게 손잡고 가면서 무슨 이야기가 재밌어 웃을까 했을 거다. ㅎㅎ

세상사, 다 들여다보면 보는 거와 많이 다르다.

그래도 징징거리며 사는 거보단

이렇게라도 낄낄거리는 게 더 즐겁지 않을까?

오늘도 힘들고 화나는 일 있거들랑

세상을, 아니면 그 누구라도 디스하면서 낄낄거리며 삽시다.

_____ 나이 탓이야!

작년에 겨울바람 훅 부니까 생전 모르고 살았던 머리통이 시리다.
머리카락이 많이 빠진 탓도 있겠지만, 이것도 나이 탓이 아닌가 싶다.
마누라 왈 "앞잡이 모자 이거 쓰고 다니면 한결 따뜻할 거야" 한다.

이제 겨울은 다 간 거 같은데 아직은 꽃샘추위가 으스스하다.
겨울 동안 정말 추울 때 잠깐 스타킹을 입곤 했는데
봄이 오는 이 시기에 다시 스타킹을 주워 입었다.
아랫도리가 썰렁한 게 금세 감기 기운이 돈다.
젠장~! 이건 분명 나이가 들었다는 징조야.
그래 그러면 그런대로 적응하면서 살아야지….
맞서서 올 테면 오라고 버티기엔 힘이 없다.
이젠 추운 것도 싫고 더운 것도 싫고 싱거운 건 도저히 못 먹겠고,
짠 것도 건강 생각해야 하고 점점 뭐가 이리 가려야 할 것도,

챙겨야 할 것도 늘어만 가는지….

외출 한번 하는데도 몇 번을 들락날락해야 다 갖춰진다.
핸드폰, 돋보기, 모자, 장갑, 휴지….
뭐 하나라도 없으면 금방 아쉬워진다.
챙겨야 할 필수 품목이 점점 늘어가는 건
젠장~ 이건 다 나이 탓이야!
몸땡이가 추운 건 꼭 바깥 기온이 차기 때문만도 아니다.
나이 듦을 인정하지 아니할 수 없고 벌이도 점점 시원찮고
앞으로 좋을 일보다 외롭고 쓸쓸할 날들이 코앞일진대
100년 산다는 게 더 두려운 현실인걸.

마음이 시리니 몸땡이는 더 찰 수밖에.
그러니 더 열심히 즐겁게 살자.
남자는 힘~!!!
여자는 아양~~~ ㅎㅎㅎ

잘 알지도 못하면서

"무슨 일 하세요?"

"치과기공소요." 눈치를 봐서 잘 모르는 듯하면

'치과에 틀니 같은 거 만들어 주는'을 덧붙인다.

그러면 예전엔 "그거 돈 많이 벌잖아요" 그랬는데 요즘엔

"그거 은퇴도 없이 평생 할 수 있는 거잖아요? 좋겠다." 그런다.

사람들은 그런다.

잘 알지도 못하면서 어디서 주워들은 근거 없는 말을

당연하다는 듯이 한다.

돈 많이 벌겠네.

평생 할 수 있고 얼마나 좋아.

좋은 기술 가졌네.

ㅎㅎ 다 틀린 말은 아니다.

그렇다고 다 맞는다고 인정하기도 싫다.

"그게 말이요 종일 책상에 딱 붙어 앉아서

코딱지만 한 거 눈깔 부릅뜨고 만들어 봐야 몇 푼 받지도 못해.

매일 밤일에 먹고 살기 힘들어."

그렇게 게거품 물고 떠들어 설명해봐야 자괴감만 들 뿐이다.

마치, 다 알고 있는데 죽는소리 그만해라는 투의 눈빛이다.

얼마 전에도 모임이 있어 인사하게 되었는데

나이가 대부분 은퇴해야 할 나이쯤 된 사람들이라

"평생 은퇴 없이 할 수 있는 직업이니 얼마나 좋으세요?" 그런다.

"아~ 네, 건강만 문제없으면 평생 할 수 있고 돈도 많이 벌고 좋죠.

하하하"

그냥 묻는 사람이 원하는 대답을 해주었다.

야~ 웃기지 마라.

니들은 은퇴할 거면서, 나는 왜 평생 일하라고 그러냐?

나도 은퇴하고 전원생활 즐기며 멋지게 살 거다.

이빨 만드는 건 거저먹는 줄 알아?

쎄(혀) 빠지고 눈알 빠지고 보기는 쉬운 거 같아도 힘들어.

맘속으론 이런 대답을 해주고 싶었지만…. ㅎㅎㅎ

남에게 잘나간다고 말할 필요도 없고
힘들다고 징징 거릴 것도 없다.
그저 지금 형편에 맞는 대로
그때그때 제일 좋은 선택을 하고 사는 거다.
그리하면 네 나중은 분명 창대하리라. ㅎ

_____ 각방 쓰자구

이사를 하면서 우리 부부는 각방을 쓰기로 합의하였다.

아내에게 안방을 내주었고 나는 거실과 작은방을 선택하였다.

그래서 현재 나는 거실에서 TV를 보고 아내는 안방에서 TV를 본다.

각방을 쓰게 된 동기는 너무나 사소한 것에서 시작되었다.

남에게 설명하자니 너무나 하찮고

시답잖은 이유라 좀 그렇긴 하지만

내게 있어선 너무나 신경 쓰이고 도대체 남편을 어떻게 생각하기에

몇 번씩이나 하소연하고 화내고 구슬려도 안 고치나 화딱지가 났다.

요즘 분위기에 감히 누가 아내에게 먼저 각방 쓰자고

선언할 수 있을까?

대부분 여자가 남편에게 이런저런 이유를 대서 각방 쓰지 않는가?

하여간 그건 잘 모르겠고

내가 각방 선언을 했을 때 아내도 주저하지 않고

동의한 걸로 봐서는

나름대로 아내도 여러 가지 불편한 게 있긴 있었나 보다.

한 침대를 쓰면서 넓게도 때론 좁게도 느끼며 살기 마련이지만

결정적 이유는 '발톱' 때문이었다.

내 상식은 손톱 발톱 깎고 나서는 자른 면이

날카로우니 갈아 주는 게 당연한데 아내는 그러질 않았다.

어느 날 자다가 문제의 그 발톱이 슬쩍 스치는데 잠이 확 깼다.

무언가 날카로운 게 종아리를 베듯이 느껴졌다.

아내도 그 느낌을 알았는지 잠결에 '미안해' 하기에 그냥 잤다.

그런 일이 한두 번 있었던 게 아니다.

발톱 깎는 걸 보게 되었을 때 날카로운 부분은 잘 갈아라.

저녁 먹으며 이런저런 이야기 하다 발톱 때문에 잠 깼다 등등.

몇 번을 얘기했는데도 불구하고 대수롭지 않게 생각한 모양이다.

하루는 자다가 또 그 일이 반복되자

더 이상은 참는다고 해결될 일이 아니구나 싶어

이불을 걷어차고 불을 켜고

지금 당장 발톱을 갈라고 갈개를 갖다 주기까지 했다.

남편에 대한 최소한의 배려와 예의라고 생각했다.

이런 실랑이를 언제까지 벌여야 하는가?

이런 사소한 것조차 고집을 피우고 바뀌지 않는다면

무엇을 더 기대할 수 있겠는가?

자다 말고 이런 봉변을 당하니

점점 생각이 생각을 물고 '안드로메다'로 가고 있었다.

그때 생각이야 당장에라도 이불 챙겨서

각방 쓰자고 하고 싶었지만 참았다.

가을 이사를 하게 되었다.

베란다에서 보는 앞산 풍경이 그럴듯했다.

거기서 아내는 안방을 꾸미고

나는 나대로 내 골방을 아방궁으로 꾸몄다.

한때는 사람 살결이 그렇게 그립고 간절했었는데

각방을 쓰니 이렇게 홀가분할 수가 없다.

사람은 변하는 거고

그때그때 다른가 보다.

또 그 어떤 '때'가 오겠지….

_____돈이 다 했다. 나는 서 있었을 뿐…

눈인지 비인지
날은 한밤처럼 어두워지고
이내 마음은 괴로울 것도 기쁠 것도 없이
날씨처럼 착 가라앉은….

딸은 시집갔다.
이제 할 일을 다 했다는 마음도 들고
이제부터 나는 어떻게 살아야 하는가?
무언가 달라져야 할 것 같은 생각이 든다.
그래 천천히 생각해 보자. 차차 달라지겠지.

일가친척이 모두 와서 축하해 주었고
친구와 동창들이 한마음으로 축하해 주었다.

그런데 많이 허전하다.

품 안의 자식이 떠나서일까? 그것만으론 부족한데 그게 뭘까?

잔치 중의 잔치인 혼인 잔치이건만

내가 한 게 없다.

그저 돈만 마련했을 뿐 모든 건 돈이 다했다.

예식에 입을 옷도, 이바지 음식도, 가구도, 예단을 보내는 것도,

축하객 음식도 돈이 다했다.

그런 잔치가 끝나고 모두들 떠난 자리.

축의금으로 예식장비, 식대 계산하고 나오니 빈 식장이 넓어 보인다.

잠시 전까지만 해도 와글와글 북적거리던 이 자리.

여기서 내가 한 건 아무것도 없구나.

낙엽을 떨구고 서 있는 나무처럼 신부 아빠로 서 있었을 뿐.

나도 그렇게 결혼하고 여태 살아왔건만

왜 이런 생각이 드는 건지…

다르게 살기

이제부터 다른 삶을 살아 보겠다.

글쎄. 뭐 좀 해볼까 했더니 60살이다.

더 이상 좋아질 것도 없고 현상 유지만으로도 감사할 지경이다.

그래도 아직은 더 일해야 한다는 강박감이….

몸은 벌써 신호를 보내고 있었다.

술 그만 마셔라, 뱃살 빼라, 스트레스 받지 말고 편하게 살아라.

어디 그게 쉬운 일인가?

누가 몰라서 못하겠는가?

내 의지 부족이고 게으름 때문이겠지.

그러다 치명적으로 황반변성이 왔다.

수평이 굴절되어 보이는 현상이다.

일하긴 점점 어려웠지만 좀 더 벌어야 하고
아직은 육십 전이라 마음이 더 버텨야 한다고 했다.
그렇게 그렇게 버티다 육십이 되고 나니
이젠 몸이 시키는 대로 하자.
언제까지 어디까지 가려 하냐?

사무실 장비도 하나둘 고장 나고
내 몸도 하나둘 시원치 않음을 느낀다.
그래, 여기까지다.
이제부터 다르게 살겠다, 다르게 살아 내겠다.
무얼 어떻게 해야 할지, 어떤 시간을 가져야 할지
내게 맞는 또 다른 운동을 해야 할지….
부족한 것이 많다고 생각되지만
언제는 풍족하고 남았는가?
살면서 살아가면서 방법을 찾는 거지.

앞날을 생각하니 사실 두렵기도 하다.
어떤 인생이 시작될지 기대도 되고
언제나 그렇듯 남들도 다 가는 길이다.
나만이 가는 건 아니다.

그들이 간대로 같이 가면 될 것이다.

나, 지금 떨고 있냐?

제 2장

치과 기공 일기

내
평생
이빨
한 가마

돌아서 가는 길

거래처를 들러서 돌아오는 길이 따사롭다.
오늘처럼 추운 날씨에 햇볕이 좋은 날은 더욱더 햇살을 느끼고 싶다.

사무실로 들어가는 길은 두 가지 방법이 있다.
한 보따리 일을 받은 경우는
가장 빠르게 도심 속으로 통과해서 가고
일감이 적은 경우나 오늘처럼 햇볕이 좋은 날은
도심을 피해 자연이 펼쳐진 변두리 길을 택한다.
좀 돌아가야 하고 시간도 더 걸리지만
계절의 변화와 자연을 느낄 수 있는 곳은 역시 변두리 시골 길이다.

봄이면 파릇파릇 새싹이 돋고
여름이면 무성한 잡초들, 푸른 물결의 논과

가을이면 갈대와 누렇게 익은 벼
요즘은 앙상한 갈색의 쓸쓸함과 그늘에 남은 잔설殘雪….

20~30㎞로 천천히 시골 길로 들어선다.
창문도 조금 열었다. 춥기보단 오히려 상쾌하다.
이런 데선 마음마저도 너그러워져 마주 오는 차가 보이면
미리 서서 지나가도록 기다려 준다.
상대방도 고맙다고 손인사 해주고 지나간다.
이런 인심이야 팍팍 쓰면서 살 수 있는 거 아닌가?

10~20분 더 돌아서 왔다고 하루 일과에 큰 지장은 없다.
멀리 볼 수 있는 시야를 느꼈고
속도를 잊은 느림의 여유를 즐겼고
인심까지 즐겼으니, 오늘도 즐겁게 일하면 된다.

요즘 기공계가 들썩거리고 있다.
그건 당연한 우리의 요구고, 마땅히 이루어져야 할 목표다.
불같이 일어나서 쟁취해야 할 것도 있지만, 여유를 가지고
꾸준히 밀어붙여야 할 것도 있을 것이다.
분명한 건, 우리는 너무 많이 일한다는 것이다.

하루 살기

혼자서 기공소 일을 한지 꽤 오래됐다.

이젠 혼자 노는 게 더 편할 정도로 익숙하다.

거래처 다녀와서 급한 거 먼저 조각해서 매몰하고 핀 작업,

교합기 붙이고 점심 먹고 와서 소환 넣어 놓고 산책….

잠시 눈 붙이다 보면 소환 다 되었다고 알린다.

팔리싱도 하고 빌덥도 하고…. ㅎㅎ

기공소에서 하는 거 혼자서 다 한다.

일이 없을 땐 미련 없이 일찍 퇴근한다.

아주 가끔 있는 달콤한 휴식 같은 날이다.

일이 많아서 늦게까지 일하는 날은 거의 없다.

젊은 시절에 많이 했으니

그게 인생에 별로 도움이 되지 않는다는 사실을 알기 때문이다.

경제적으로도, 건강에도, 가정생활에도 마이너스다.

올겨울부터 아내가 배달을 도와주고 있다.
일감이 늘어난 게 아니라, 체력이 못 받쳐 주기 때문이다.
나이 탓도 있겠지만
미쿡 간다고 빨리 해달라고
캐스팅 실패해서 열 받고
왜 안 맞느냐? 럴지해서 뚜껑 열리고
그래서 담배 많이 피우고
부어라, 마셔라 퍼먹어서 몸 많이 상했나 보다.

오늘은
큐링 두 개하고
크라운 세 개 팔리싱하니 하루 다갔다.

오랜만에 한잔해야 할랑가? ㅎㅎㅎ

산보 갑시다

점심식사를 하고 와서 등산화로 갈아 신었다.
가까운 공원으로 산책하기 위해서다.
일에 대한 스트레스도 풀고
약간의 여유도 즐길 줄 알아야 사는 거 아닌가?

크라운 기사로 한창 일할 때 이야기다.
해도 해도 끝없는 일거리에 열 받고 마음은 바쁘고
밥 먹고 담배 한 대 피우고 (지금은 금연 중) 또 일하고
이런 세월이 축적되다 보니 어느 날부터 속이 안 좋은 게
안 먹어도 배부르고 미심쩍은 게 영 위장이 안 좋은 거 같았다.

병원엘 갔다.
내시경 해보잔다. 다행히 별 이상은 없고

스트레스성 소화 불량이란다.

그 후에도 몇 차례 위와 같은 증세로 시달렸다.

일요일 하루만 소화가 되는 것 같고 그 외는 더부룩한 증상.

이대로는 안 되겠다 싶어서 식사 후엔 무조건 30분은 쉬었다.

사무실 주변 여기저기 다 돌아다녔다.

한결 편안한 속으로 오후 일과를 할 수 있었다.

(뭐 그렇다고 단번에 해결된 건 아니고 일이 줄어든 것도 아니고 하여튼, 시
간을 내려고 애썼다.)

지금도 30분의 여유를 즐기러 나서는 것이다.

봄바람은 불고 있는지

진달래 가지에 물은 올랐는지….

조금의 여유시간, 노력하면 만들 수 있다.

웃자는 이야기겠지만 막살아도 팔십은 산다고 한다.

골골거리면서 오래 살아야 먼 소용 있으랴.

이 봄에

산보를 시작하는 거 어떻습니까?

_____ 숨 막히는 그녀

그녀와의 첫 만남은 이루어지지 못했다.
다만 그녀가 남긴 메모만이 나를 기다렸다.
치아를 위에서 옆에서 본 모양으로 그리고
이 부분을 요롷게 저렇게 만들어 달라고 쓰여 있었다.
별별 사람 다 보았지만 이런 경우는 또 처음이었다.
특이한 사람이구나. 이 정도로만 생각했다.

그녀를 만난 건 보철물 셋팅 과정에서였다.
맞는 건 잘 맞았지만 수정할 부분이 있다는 거였다.
의사가 한 시간에 걸쳐서 설득과 수정을 반복했고
환자가 치아 만드는 분을 꼭 만나야겠다고 해서
기다리는 중이었다.

그녀는 키도 훤칠하고 얼굴도 준수한 게 교양이 있어 보이고
조금 말랐다 싶은 정도의 늘씬한 아줌마였다.
옷매무새도 감각이 있다 싶은 차림새였고….

그녀는 원래 자기 치아 모형이라며 모델을 꺼냈다.
이 부분을, 저 부분을 어쩌고저쩌고
환자의 엉뚱한 요구 사항이 많다.
그래도 하는 말을 다 들어 주었다.
"그러니까 이 모형과 똑같이 만들어 드리면 되는 거죠?"
그리곤, 내가 얼마나 오랫동안 기공일에 종사했으며
이렇게 만들어야 잘 씹히고,
음식물이 잘 빠지고 등등 다 이유가 있어서 이렇게 만드는 거다,
걱정하지 마라,
당신이 원하는 대로 잘 수정해 오겠다 말했다
그녀도 잘 알아들었으리라고 믿었다.
그녀가 조용한 어조로 간절한 부탁을 한다.
"그러니까 요기를 요렇게 해 주세요"
흡~~~ 내 호흡이 다시 꽉 막힌다.

이것은 겨우 고난의 시작일 뿐이었다.

그 후로 서너 번의 수정이 있었고

결국은 다시 만들어서 두세 번의 수정 끝에 셋팅했다.

그 환자 오늘은 아침에 와서 점심 먹으러 갈 때 같이 나갔다.

오늘은 두 시간 수정하다 갔다.

오늘 소장님 만난다고 한 시간 있다가 갔다.

그녀가 내원할 때마다 간호사가 전해주는 소식이다.

그녀가 오면 다들 피한다고 했다.

눈길 마주치면 딱 걸리는 거 뭐 그런 느낌이랄까?

나도 제발 다시는 만나지 않기를….

그녀가 무서웠다.

그리고 반대쪽을 시작했다.

교합이 낮아서 재제작

다시 만든 거 모양이 맘에 안 든다고 두 번째 수정하는 중

26, 27, 36, 37, 셋팅

한 달 하고 이십 일 걸렸다.

15, 16, 17, 현재 기약 없이 계속 수정하는 중,

전치도 아닌 구치를 모양이 예쁘지 않다고

설측을 평평하게, 교합은 깊지 않게, 요긴 더 붙이고 조긴 깎아내고

이건 뭐 새로운 이빨 세계를 창조하는 기분이다. 젠장!

의사도 이젠 체념한 환자고

수정하는 걸 당연시하는 여유까지 생겼다.

기공의 길은 멀고도 험하고 끝이 없다.

스스로를 달래고 위로하는 중,

그래도 가야 하는 나의 길.

이럴 땐

외로운 길,

쓸쓸한 길,

그래도 나를 먹여 살린

정든 길

내일은 삼일절이다.

일단 태극기 손에 들고 만세다.

이빨은 손에서 놓고 만세다.

일과 라디오

출근길엔 클래식 음악프로 '강석우입니다'를 듣는다.

클래식은 전혀 좋아하지 않던 내가 찾다 보니

클래식도 들을만해졌다.

거래처 들러서 기공소 도착하면 MBC 라디오를 튼다.

요즘 경제에 관한 이야기도 재미있다.

점심 식사 후엔 CBS를 듣는다.

일하면서 듣기엔 노래 위주로 나오는 게 편하다.

한창 때는 라디오에서 흘러나오는 신곡도 몇 번 들으면

따라서 흥얼거렸는데

요즘 노래는 정서도 안 맞고 무슨 가사인지도 알아들을 수가 없다.

나도 '꼰대'가 된 지 오래다. ㅎㅎ

서태지까지는 그래도 알아들었는데….

우리네 일이 눈은 일에 고정되고 세밀한 작업에 집중도가 높아

가만 앉아서 하지만 많이 피곤한 일이다.

그래도 다행히 귀는 열려 있으니

라디오는 세상 돌아가는 이야기를 들려주고

야근의 피로를 달래주는 벗 아니던가!

환풍기 소리와 라디오 소리가 뒤섞여 나날이 볼륨은 커지고 있지만

일하면서 늘 노래를 듣다 보니 대충 아는 노래가 많다.

가끔은 꽂히는 노래도 있다.

몇 번 들었는데 가수가 누군지 제목이 뭔지 모르다가

얼마 전에 컴에서 우연히 알게 되었다.

강허달림의 '미안해요' 와 '기다림 설레임'

관심이 있으면 한번 들어 보시길….

_____도 닦는 일

평소보다 조금 일찍 점심을 먹으러 갔다.

난 보통은 남들 다 식사한 다음에 두 시쯤 식사를 한다.

손님이 몇몇 있었고 나와 대각선 쪽에

40대 초반 여성이 혼자 앉아 있었다.

청국장을 시켰는지 내가 앉으니 때마침 그녀에게 식사가 나왔다.

"그릇 하나 주세요. 비벼 먹게"

그녀가 아줌마를 부른다.

내겐 코다리 구이가 나왔다. 그걸 시켰으니까. ㅎㅎ

"아줌마 참기름 있어요? 좀 주세요."

그녀가 청국장에 참기름 넣고 나물 넣고 비벼 먹는다.

나도 코다리 뜯어서 먹는다.

"아줌마 물티슈 있어요?"

청국장이 입가에 묻었든 옷에 묻었든, 사연이 있겠지.

근데, 왜 내가 그녀가 하는 짓(?)에 신경 쓰는 걸까?

예쁘게 생겨서?… 아니!

어디서 본 듯한 여자라서?… 아니!

분위기가 끌리는 그런 거?… 아니!

그럼?

그 식당엔 혼자 오는 손님이 많다.

혼자 온 손님이 특별할 것도 이상할 것도 없다.

그녀는 밥 먹는 동안 네 번 아줌마를 불렀다.

나중에 물 안 줬다고 물까지 받아먹었으니까.

칠천 원 한 끼 먹으며 네 번 불렀으면 으~

아담한 체구에 평범한 여자분이 조용히 잘도 부려 먹는다.

잘살게 되고, 개인주의가 뚜렷해지다 보니 별사람 다 있다지만

그래도 무슨 생각이 있긴 할 텐데 하는 생각이 들었다.

그녀는 커피를 뽑아 와서 커피를 밥그릇에 버리고

물로 종이컵을 행군 후,

종이컵에 물을 따라서 입안을 여러 차례 헹구고 뱉었다.

틀니를 했나? 임플란트를 했나?

여하튼 구강 내에 무슨 사연인가 있겠지.

카드로 계산하고 그녀는 나갔다.

돈 버는 건

그게 무엇이든 간에

'도' 닦지 않으면

많이 아주 많이

힘든 일이다.

그것은 오랜 기간 단련되고 한편으론 무뎌져서

힘들고 더럽고 배알이 꼬이고 하더라도

아무렇지도 않은 듯할 수 있게 될 때

비로소

그 일을 할 수 있는 자격이 되는 것이 아닐까?

나 이런 성격이야

TV 어느 프로에서 중딩녀가 "제가 원래 공부를 못하는 성격이거든
요." 이러면서 호들갑을 떤다. 사회자가 "아니, 그런 성격도 있어요?"
하며 웃는다.

그때부터 아내와 성격 타령이 시작되었다.

당신 반찬 맛있게 하는 성격이지? 그러면

당신은 밥 많이 먹는 성격이구먼.

밥 많이 먹으면 배 나오는 성격인데 뭐, 이런 식 대화다.

하다 보니 중독성도 있고,

아무데나 갖다 붙여도 말이 되는 거 같기도 하고…. ㅎㅎ

그래서 하는 말인데 내가 좀 늘어놓고 일하는 너저분한 성격이다.

일하다 보면 석고가루며 러버, 레진 가루 등 많이 생기고

스톤포인트, 러버휠, 바, 부로쉬, 자잘한 게 얼마나 많은가?

직장 생활할 땐 일 마치면 걸레로 훔치고
바, 포인트를 구분해 놓는 통이 있어 정리하고 썼는데,
조각도도 밥줄이라고 잘 모셔놓고 했는데….
언제부턴가 '놓는 곳이 제자리'가 되는 성격이 되었다.

아마도 예전에 야근하며 집엔 잠깐 다녀오는 정도일 때
지치고 힘들어 귀찮아지고, 그 자리 그대로 쓰는 데 지장 없으니까.
지금은 혼자 일하다 보니 누가 봐주는 이도 없고,
흠 잡일 것 없으니 편한 대로…. ㅎ
전에 같이 일하던 친구가 자주 한 말이 있다.
너는 일하면 꼭 티를 낸다고.
여럿이 낚시를 갔다 와도 나만 바지에 진흙이 묻었던 기억도 난다.
난 한 가지 일에만 집중하는 성격이다. 그러다 보니 지저분해지건 흙
이 묻던 신경을 못 쓰는 거다. 좋게 말해서.

아내가 기공소 정리와 청소를 해줄 때가 있다.
책상이 지저분해도 바닥청소와 싱크대 주변만 청소하고
책상 위는 그대로 놔둔다.
아내는 어느새 나를 잘 아는 '성격'이 되어 있었다.

일 없는 날엔

아내가 거래처를 돌고 돌아온 가방이 홀쭉하다.

꼴랑, 크라운 하나, 레진자켓 두 개.

없다 없다 하니까 정말 더럽게 일없네. ㅎㅎ

"가자~!"

"어디?"

"좋은 데"

"그래, 가자"

어디로 가는지 묻지도 않는다.

평일 한낮에 남들 다 일하는 시간에 어디 간들 안 좋을 소냐?

자켓 후딱 만들고, 점심 먹고 루어대 들고 강화도로 갔다.

제법 날씨가 따가움을 넘어 더울 지경이다.

"ㅎㅎ 이런 날도 있어야 세상 살맛나는 거지. 안 그래?"

"그래, 이런 날도 있어야지. 맨날 일만 하나?"

원장님 일 좀 많이 해놔요,

강화도 날씨는 어떤지 보고 올 테니까. 후후훗

물가에 오면 가슴이 시원하고 그냥 좋다.

저 물속에 배스가 다 내 것만 같다.

오늘따라 봄바람도 잔잔하다.

뚝방엔 냉이도 보이고 쑥도 있다.

나는 물고기를 잡을 테니 당신은 나물을 캐시오.

우린 오늘 밥값을 못했으니. ㅋㅋㅋ

일할 땐 긴긴 시간이지만 야외로 나오니 시간이 금방 간다.

저녁이 되면서 날이 흐린 듯 연무가 끼고 뻘건 해가 진다.

수묵화 같은 경치에 지는 해를 한동안 바라본다.

자연은 다 아름답다.

돌아오는 길에 유명한 꽃게탕 집이 있다는 생각이 났다.

촌구석에 그래도 유명세가 있어선지 제법 손님이 있다.

발라먹기가 거시기해서 그렇지 꽃게는 무얼 해도 맛있다.

국물도 얼마나 맛있는지 밥 한 그릇 말아서 먹고

소주도 당근 한 병하고….

차 키를 아내에게 넘겨주고 좌석을 가장 편한 자세로 고치고 앉았다.

"우리도 부담 없이 이 정도는 먹을 수 있잖아? 일부러 맛있다는 집 찾아가서 먹을, 그런 시간은 없지만. 오다가다 맛있다는 집 생각나면 한 번은 먹어줘야지."

"이 정도 가격이면 포세린 하나로 퉁칠 수 있어. ㅎㅎㅎ"

"경치 구경 잘하고, 맑은 공기 마시고, 저녁 잘 먹고,
마누라 운전 잘하고 뭘 더 바라나 뭘 더"

어느새 큰소리 뻥뻥 쳐가며 너스레 떤다.

소주 한 병이 과한 건 아닌데….

술 땡기는 이유

그레이징 하는데 기포가 올라왔다.

땜빵(?)을 했는데 잘 안돼서 표시가 난다.

더 넓게 삭제한 후에 다시 빌딥해서 수정한다.

어영부영 한 시간이 넘어가고 있다. 슬슬 열 받기 시작한다.

술 약속 있는 날에 꼭 이런 불상사가 생긴다.

시간이 늦어져서이기도 하지만, 나 자신에 대한 질책이기도 하다.

이 정도를 한 번에 착착 못해 내다니.

이건 아직도 한참 먼 기공사네.

일이 많으면 많다고 힘들어서 술 땡기고

일이 없으면 한가하니 일찍부터 술 땡긴다.

수금하면 돈 있으니 한잔했고

여기저기 다 떼주고 나니 남는 거 딸랑 몇 푼.

이러려고 한 달 고생했나 싶고 맥 빠져서 또 한잔했다.

잘 맞을 땐 고맙다고 전화 한 번 없다가 조금 잘못되면

득달같이 전화해서 난리를 치니

맘 같아서야 확~ 어쩌고 싶지만 우야겠노. 한잔 술로 달래야지.

날 흐리면 막걸리에 부침개 해서 한잔하고,

비 오면 비 오는 대로 한잔하고

매일 매일 1년 365일,

술 마실 이유 다 갖다 붙일 당당한(?) 이유가 있다.

오랜 세월 술과 친구하며 지내왔다.

일로 인해 생기는 스트레스를 가장 쉽고 빠르게,

싸게 푸는 게 술인 것이다.

늦은 일 끝내고 목구멍 때나 벗기자 하고 가는 데가

삼겹살집 아닌가?

가끔은 너무 달려 네발로 들어가기도 하고…. ㅎㅎㅎ

돈은 돈대로 쓰고 마눌님 한텐 늦게 들어 왔다고 혼나고

아침엔 일어나지도 못하고, 속은 쓰리고

그래도 해가 기울기 시작하면 어제와 별반 다를 거 없는 하루하루.

또 땡기는구나! 아~!! 내가 이러려고 살아왔나 자책도 하지만

그렇다고 남다른 큰 의미를 부여받고 태어난 것도 아니다.

오늘이 즐거우면 그뿐,
내일 일은 내일 걱정 하자고~ ㅎㅎㅎ
그동안 마셔댄 음주 부작용으로
똥배 나오고, 지방간에, 콜레스테롤 수치 높고
그렇다고 당장 술 끊고 살아가자니 재미없는 세상.
어쩔거나 어쩔거나.

담배 끊을 때 그랬다.
이제 내 인생에 할당된 담배는 다 피웠다.
이제 다시 시작하자.
"이제 내 인생에 술은 한 드럼통밖에 없다."
아껴서 천천히, 조금씩, 즐기며, 마시자.

_____ 봄에

봄이 오긴 하는가 보다.

산수유 꽃이 핀 걸 오늘 보았다.

점심 먹고 늘 다니던 길인데도 이제야 보이는 건

살아간다는 게 녹록지 않다는 뜻일 거다.

세월은 오고, 또 가고 그러길 50번이 넘으니

새로운 것에 놀라움도 없진 않으나,

피었다가 지는 게 자연의 이치이거늘

이를테면 "좋다고 소고기 사 묵겠지. 소고기 사 묵으면 뭐 하노.

안주 좋다고 술도 묵겠지."

날은 점점 좋아지고, 슬슬 몸이 근질거려

어디든 가야 할 것만 같은 요즘이건만

머리로만 움직일 뿐, 몸은 그냥 이대로 여기가 좋다.

이게 나이 탓인가?

크게 감동도 없고, 즐거움도 없고,

욕심도 없어지고, 크게 화낼 것도 없으니

무념무상無念無想 도를 깨우친 건 아니니

이 무력감은 언제부터 시작된 건지.

아우님들~!!

살기 힘들긴 다 마찬가지라오.

그래도 짬 내서 아내와 영화도 한 편 때리고, 취미생활도 즐기고,

애들과 이야기하고 노는 시간을 많이 가지시오.

난 돈 번다고 애만 썼지 돈도, 집안도, 낚시도

아무것도 제대로 한 게 없어 후회가 됩니다.

진정, 밥 먹고 살게 해준 기공일마저도

열정을 바치지 못했음을 새삼 느낀다.

일이 없으니

한가해서 좋기도 한데

그럴수록 다가오는 삶에 압박.

크라운 2개, 임플란트 1개 조각하고 매몰하면 끝.

천천히 해도 6시면 퇴근하겠다.

영화 한 편 볼거나

일이 없다.

차라리 하나도 없다면 퇴근할 텐데 한두 개 갖고 놀자니 쫌 그렇다.

오랜만에 영화 한 편 때릴까? ㅎㅎㅎ

요즘은 영화를 잘 안 본다.

영화가 감동적인 것보다 그때그때 보고 즐기는 걸로 끝이고

또 잔인하긴 점점 더하고 욕이 없으면

영화가 안 되는 건지 보고 나서도 기분이 더럽다.

'왕의 남자'할 때만 해도 그걸 보려고

부지런히 조각해서 매몰해놓고, 점심 먹고 와서 소환 넣고

근처 영화관에 가서 느긋하게 대낮에 영화도 보곤 했다.

어떤 때는 손님이 없어 거의 혼자 보다시피 할 때도 있고

무슨 영화였는지 재미없어 잠만 자다가 나온 적도 있었는데….

젊었을 땐 프로가 바뀌면 볼만하다는 건 거의 보다시피 했다.

그런데 이젠 영화가 점점 시들하게 느껴지고

볼 때만 눈이 반짝했다가 영화관 나오면서

스토리 자체를 반납하고 나오는 기분이다.

그래도 누가 재밌다고 하고 천만 명 돌파했다고 하면

고건 봐 줘야지. ㅎ

오늘도 일찌감치 매몰까지 해놨다.

김밥 하나 사 들고 가서 영화 한 편 보고 나오면

소화이 다 되어 있을 테지…. ㅎ

그래, 즐길 수 있을 때 즐기자.

짬날 때 영화 한 편도 어디냐?

마음이 급해진다.

영화도 골라야 하고 시간도 대충 맞춰야 하니까.

나는

영화 보러 간다.

_____ 시험에 빠지지 않게 하옵시고

거래하는 치과에 페이닥터 한 명이 있다.
으~~~ 이분이 나를 시험 빠지게 한다.
오늘도 꾹꾹 눌러 참으면서
재제작을 하고 있다.
나이도 젊은 양반이다.
한 번도 개업하지 못하고
페이닥터 생활만 10년쯤 한다고 하는데
정말 돌아버리겠다.

콘텍이 쎄면 안 들어간다고 다시!
교합 높으면 손 한 번 안 대고 다시!
쉐이드 안 맞으면 스테인 처리 해볼 기회 한 번 없이 다시!
다시, 다시 다시 다시…… 재제작.

그래도 맞는 게 더 많으니 다행이다. 쩝!

임플란트 세팅하고 사진 찍어서
컴에서 주먹보다 크게 보면서 마진 뜬다고 다시 만들란다.
이따만큼 뜨면 문제 생긴단다.
아니, 50배 100배 확대 사진 보면서 안 맞는다니
뭐라 할 말이 없다.
으~~이건 성질 테스트를 넘어선다.

처음엔 모델 보고
어떻게 만들지 상의해 봤다.
이렇게 저렇게 해달라 부탁도 해봤다.
원하는 게 뭐냐고 물어도 봤다.

욕 나올라 그랬다.
안 보고 살 수도 없고….

나를 다스려야지.
맞서지 말아야지.
아직 모자라는 게 많구나.

더 잘 만들어 보자.

기도 한다.

근데,

왜 이리도

적응이 안 될까?

6개월이 넘었는데….

점심은 뭐 먹을까나

오늘도 점심은 뭐 먹나 걱정이다.
식성도 다르고 취향도 다르니….

한때는
월: 김치찌개
화: 비빔밥
수: 동태찌개
목: 된장찌개
금: 육개장
토: 짜장, 짬뽕
그 외 몇 가지 스페셜로 정해놓고
순서대로 시켜 먹었다.

때론 해장국이 필요한 날도 있고
비 오는 날엔 칼국수가 땡기기도 하는데
여전히 점심은 뭘로 하나 고민이다.

요즘은 기사 뷔페를 자주 이용한다.
차를 가져가야 하는 불편이 있지만
먹고 싶은 거 먹을 만큼 먹고 오니, 그것도 즐거움이다.

점심을 잘 먹어야
오후 일과도 씽씽 잘 돌아간다.
가끔은 배불러 졸리기도 하지만…. ㅎ

이빨 한 가마

한참 일 배우던 시절엔 쓱쓱 조각도 몇 번 지나가면
크라운 하나 완성되는 게 그렇게 부러울 수가 없었다.
나도 빨리 배워 언젠간 그렇게 하리라 다짐하지만
도대체 얼마나 더 열심히 해야 하는지 막막하기만 하던 시절이었다.

누가 이야기했는지 누구한테 들었는지는 가물가물한데
"이빨 한 가마쯤 만들면 이 정도 할 수 있어. ㅎㅎㅎ."
한 가마라…, 이게 과학적으로 밝혀진 만 시간의 법칙 쯤 될 것이다.
그때야 법칙 따윈 몰랐지만, 몸만은 이미 알고 있었다.
하루 한 개 완성도 벅차던 시절엔
몇 년을 모아야 한가마 될까 아득했다.

그래도 세월이 가고 조금 익숙해지니,

한 가마 분량이 채워졌는지 크라운 기사로 취직하게 되었다.

손도 빨라지고 조수도 생기고

한 가마 만드는데 걸리는 시간은 점점 단축되어

한 가마 만들어 결혼도 하게 되고

한 가마 만들어 전세집도 구하고

한 가마 만들어 자식도 키우고, 기공소도 오픈하고, 집도 사고….

지금까지 먹여 살리고 있다.

도대체 얼마나 많은 옥수수를 만들었을까?

비가 왔고 바람도 불었고 뙤약볕에 많이 지치기도 했는데….

지금은 눈에 황반 변성이 오고

어깨도 아프고

일 년에 한 됫박이나 만드는지….

다시 가고 싶진 않지만

그래도 그런 시절이 있었음에 감사하다.

_____ 비가 오니

비가 오니
온통 세상 색깔이 더 진해졌다.
가로수 단풍 밑에 주차한 차들은
이불을 덮은 듯 울긋불긋한 낙엽을 이고 있다.
이제 가을비가 그치면 겨울을 준비해야 할 때이다.

협회 이야기도 갑갑하고
노조 이야기도 매번 그렇고….
봉급문제도, 기공료 수가 문제도, 늦은 퇴근도….
뭐 하나 시원한 해결책이 없다.

그러나
내가 선택한 길이고

내가 가야 하는 길이다.

숲 속에 두 갈래 길이 있었다.
우린 남들이 가지 않을 길을 택했는지도 모른다.
그 속엔 더 많은 어려움이 있을 테고
더 많은 하소연이 있을 거다.
그리하여 더 즐거운 인생이 될 것이다.

비가 오니
이따가 막걸리 한 사발 하며
나의 길을 다시 한 번 생각해 보아야겠다.
이럴 땐 여럿보다
혼자가
아니면 마눌과 단둘이가 딱이다. ㅎㅎ

비가 오니
내 마음이 더
진해졌다.

그 쫀쫀함에 대하여

"아빠 너무 쫀쫀해."
딸이 그런다.

이게 뭔 소리여?
다른 사람이라면 몰라도 딸내미한테는
대관령 푸른 초원보다 넓은 가슴으로 안아주었는데….
나름대로 통 크게 산다고 사는데, 딸내미한테 이런 소릴 들으니
기분이 쫌 그랬다. 뭔가 들킨 것 같기도 하고….

처음 기공소 시작을 친구와 같이 동업을 했다.
몇 년을 같이 잘했는데 조그만 생각의 차이가 점점 벌어지더니
결국 헤어져야 할 때가 오고야 말았다.
한 가지 문제가 해결되지 않으니 거기에 온 생각이 휘말려

우정도 동업도 미래도 한꺼번에 깨지고 말았다.

지금 다시 생각해 보면 큰 문제도 아니고
더 슬기롭게 헤어지는 방법도 있었을 텐데.
단칼에 무 베듯 인연을 끊고 아직까지 연락조차 안 하는 걸 보면
이건 쫀쫀함을 넘어선….
귀에 야유가 들리는 듯하다.

그래도, 이건 순전히 내 생각이지만
그 쫀쫀함이 날 살렸다.
일 끝나고 포장해서 나갈 준비 해놓고
집에 와 잠자리에 누우면
아~~ 그거 마진이 영 불안했는데 괜찮을까?
아~~ 그거 바이트가 잘 안 맞았는데….
아~~ 그거 맞출 때 틸팅이 있었는데….
시간에 쫓기고, 할 일은 많고, 피로는 하루 이틀 이야기도 아니었고.
그 불안한 밤이 좀 더 꼼꼼하게 일하게 했다.
그래야만 쉬는 밤이 편안했으니까.

남들이 보면 옥수수 한 톨만 한 거에 얼마나 다르겠나 할지도 모르

지만 우리는 그거 하나에 수십 가지(?) 지적질을 당하지 않는가?

그래서 더 열심히 해야 했고 확대경 들이대고 더 세심히 해야 했다.

그렇게 살아온 세월에 어찌 쫀쫀하지 않고서야 버텨낼 수 있겠는가?

쫀쫀함이 날 살린 거야.

그 쫀쫀함은 내 직업병이라구.

그 쫀쫀한 것은 철저하고 완벽해지려는 나의 몸부림이었단 말이야.

내게서 쫀쫀한 게 빠져나갔다면

난 치과 기공사로 살아가지 못했을 거야.

그러니까 쫀쫀해도 괜찮아.

그래야만 해.

_____ 그건 이빨 때문이야

집사람이 나보다 늦게 들어온다. 나도 일찍 퇴근한 게 아닌데. 거기
에 현관문 앞에서 시장바구니 받아서 들어 주지 않는다고 신경질까
지 부린다.
참, 이런 적반하장이 있는가.
저녁 먹고 치워야 할 시간에 들어와서는 성질까지 부리고
소나기는 피하자는 심정으로 좀 참았다.

자초지종은 이랬다.
신장이 나빠졌다는 것이다.
이는 짜게 먹어서이고
내가 술 먹고 들어와서 매일 해장국 끓여 대느라
자극적인 걸 많이 먹어서라고.
그래서 병은 나 때문에 생겼고

그러니 내가 원인 제공자가 된 것이고, 미워서 성질부린 것이다.

이런 의문의 KO패가 어디 있는가?

나는 괜히 술 먹었나?

밤새워가며 일해 봤고

내키진 않아도 어쩔 수 없는 '을' 입장 당해 봤고

직장 생활, 기공소 운영 다 해봤는데

사는 건 언제나 거기서 거기.

맘 같아서야 넓디넓은 공간에 카페 같은 분위기에서 일하고 싶지만

어디, 근처도 못 가는 코딱지만 한 공간에서 일하려니 가슴도 답답하

고 일이 몇 개만 들어와도 저걸 언제 다 하나 걱정만 늘어 가는데

수금할 날짜는 멀었지, 돈 들어갈 일은 코앞에 와 있으니

내 어찌 한잔 술로 마음을 다스리지 않는다면

지금까지 어떻게 살아있겠소?

정성껏 골백번 어루만져 만들었는데

잘 만들어줘서 고맙다는 말보단 쓴 소릴 더 많이 들었으니

잘 맞은 백 개, 천 개는 다 어디 가고 '개소리'여. 젠장!

그래서 한잔 술로 푼 게 죄여?

나도 할 말이 많다.

그러나 다 지껄이고 살 수 있는가?

그럴 수도 있다고 헛웃음 치며 넘기고

다음에 더 잘하자고 다짐도 하고

그래도 견디기 힘들면 한잔 술로 달래가며 여기까지 왔는데

당신이 끓여준 해장국에 또다시 힘내서 일했는데

당신이 나 때문에 병이 생겼다고 한다면

그건 이빨 때문이야

그놈의 이빨이 날 술 먹였다고!

그놈의 이빨이 날 맨정신으로 견딜 수 없게 만들었다고!

그건 너,

너 때문이라고!!!

휴우~~~~~~

양복점과 치과 기공소

한창때,

그걸 대학 1년부터 군 제대까지라고 생각하자.

그때 친구들과 아무 약속 없이도 만날 수 있는 아지트가 있었으니

시내 중심에서 부모님이 양복점하는 친구네였다.

그냥 심심하거나 술 한잔 하고 싶다거나, 무슨 핑계든

그 양복점에서 빌빌거리면 하나둘 친구들이 모였다.

좀 늦게 가서 친구가 안 보여도 걱정할 필요는 없었다.

뻔히 어느 술집에 모여 있는지 여기 아니면 거기였으니까. ㅎㅎ

양복점엔 재단사가 손님을 맞이했다.

양복 기술에 완성이 재단사인 것이다.

그 당시는 기성복보다 맞춤 양복이 대세였다.

넓은 홀엔 양복 기지가 걸려있고 재단하는 커다란 책상이 있었다.
커다란 거울로 위장된 문을 통하면
기능사들이 일하는 공간이 나왔다.
화려함 뒤에 숨겨져 있는 비밀 공간에서 재빠르고 노련한 움직임.
거기서 양복이 바느질되는 것이었다.

재봉으로 둘둘 박아대는 곳도 있지만
손으로 한 땀 한 땀 꿰매는데 그 방식이 부위마다 다르다고 했다.
그것을 숙달하는 데도 상당한 시간이 걸린다는 것이다.
장인들 사이가 다 그렇듯 그곳의 서열과 규율이 엄격했다.
간이고 쓸개고 다 빼줘야 기술이랍시고
조금 가르쳐주고 했던가 보다.

그런저런 이야길 듣다 보니
'치과 기공사'로 살아가야 하는 나도
저들과 다르지 않겠구나 하는 생각이 들었다.
어렴풋이 나의 미래가 그려지고 꿈을 다짐하기도 했으니
그네들의 아름다운 전통(?)을 듣고부터였다.

그네들은 한곳에서 오래 일을 배우고 재단사가 되고

나이 들어 가족이 생기고 그동안 배운 기술로 개업하러 나가야 할 때 단골을 몇 명 떼어주어서 기반을 잡을 수 있도록 해준다는 것이었다.

아, 그게 장인들의 끈끈하고도 뜨거운 마음이겠구나!

나도 그렇게 살아야지 했다.

군 제대하고 기공소에 취업해서 며칠 만에 쌍코피가 났다.

최전방에서 근무한 세월보다 기공소일 며칠이 더 힘들었던가 보다.

할 줄 아는 건 없지, 손놀림 따라 하기엔 아직 한심하지.

안 되는 걸 잘하려니 어깨에 힘이 들어가 온몸이 다 아픈 듯했다.

일 년 선배가 하늘처럼 보이던 시절이다.

상악 6번 구루브는 어떻게 주고

파우더는 무엇과 섞으면 색이 잘 나오고

온갖 '노하우'를 진주알 꿰듯이 모아 듣고, 해보았다.

지금 생각해 보면, 세월 가고 꾸준히 하면 다 되는 거였다.

세상에 쇳덩어리가 손 한번 댔다고 황금 되는 비책은 없었다.

배우고, 가르쳐 주기도 하며 어느덧 나도 상당한 위치에 있었다.

혼자는 어려울 것 같고, 친구와 동업으로 기공소를 시작했다.

몇 해 함께 했으나 결국은 상처만 남기고 헤어졌으니….
돈이 뭔지 학창시절 절친을 잃었고, 추억도 함께 잊어야 했다.

혼자 시작한 기공소는 막막하기만 했으나 살아야 한다는 본능이 움직이게 하였다.
직원 문제 등 우여곡절 속에도 거래처는 늘어났고 이런 상태라면 내가 생각하는 '이상적인 기공소'로 키울 수 있으리라 생각했다.

나와 함께 가자.
나의 모든 기술을 알려주마.
그리고 네가 떠날 시기가 된다면
내가 꿈꾸었던 것처럼 네게 몇 곳의 거래처를 넘겨주마.
상생하는 기공소로 실력을 겨루자.

상황은 늘 변하는 것이란 걸 생각지 못했다.
늘어나던 거래도 어느 날 하나둘 빠져나가고
매일 하는 밤일에 지치기도 했고
돈도 싫고, 일도 싫고, 어디론가 도망치고 싶었다.

늦은 가을쯤이었다.

어느덧 중년이란 나이가 되었고

세상 무슨 일이건 다 알 것만 같은 나이라 생각했는데

내가 아는 건 무엇이고, 내가 이룬 건 무엇인가?

아직까지 무엇을 위해 살아왔던가?

외로웠다.

술을 마셔도 취기가 오르지 않았다.

황량한 벌판에 횡하니 부는 바람을 나 홀로 마주 선 기분이었다.

이 헛헛한 마음을 누가 알아주겠는가?

지금은 둘이서 기공소를 하고 있다.

예전에 나의 직원으로 5~6년 함께 일하다 일했고

기공소를 그 친구에게 넘겨주고

나는 혼자 나와서 다른 곳에 기공소를 하게 되었다.

요즘 경제가 어려워지면서 다시 그 친구와 합친 것이다.

과연 난 내 꿈을 이룬 것인가?

아직은 진행 중이기에 말하긴 이르다 싶지만

이젠 정점을 지나 내려가는 하산길이라고 보면

말할 수 있어야겠다.

규모 있는 기공소를 만들어 보려고 열심히 했다.
거기엔 운도 있어야 하고, 뛰어난 기술,
무엇보다도 포용력 있는 사람이어야 했다.
성공한 사람을 보면 대체로
저 사람은 무얼 해도 잘할 것 같은 생각이 든다.
친화력이 있고 일처리에 있어 무엇이 우선인 줄 안다.

많이 부족했다.
내 살 길 찾기에 바빴고 한때는 나도 직장을 움직일 때마다
같이 움직이는 추종자도 있었지만 그것뿐이었다.
세상도 많이 바뀌었고 생각도 많이 변했다.
기공소가 지금보다 훨씬 잘 됐다면
젊은 시절의 생각을 실행에 옮겼을까?

알 수는 없지만
많이 부딪히고 때론 싸우고, 우기고, 술 마시고 살았다.
내가 할 수 있는 최선은 아니어도 열심히 했다고 말할 수 있다.
지금의 상태가 변명할 수 없는
나의 능력이고, 내가 이끌고 나갈 수 있는 최대한이다.

어쩌면,

운이 좋아 내 능력보다 더 큰 기공소를 했더라도

스트레스로 힘들고 지쳐서 일찍 그만두었을지도 모른다.

현재,

'대체로 만족'인 상태로 일하고 있으니

지나온 세월도, 앞으로의 세월도 행복했다.

행복할 수 있으리라 말할 수 있겠다.

하고 싶은 이야기는 많다.

기공사로서 묵묵히 일해 왔다.

특별한 공적도 없고 내세울 만한 아무것도 가지고 있지 않다.

현재 일하고 있으며

언제까지 일해야 하나?

언제까지 할 수 있을까를 궁금해하며

체력관리에 열중하고 있으나

어쩔 수 없는 '노안'을 진단받은 지 오래다.

돋보기 쓰고 일하는 데 지장 없으나

금방 피로하고 그 속도가 점차 빠른 듯하여

쉬는 시간이 점차 길어져 가고

속도도 느려져 전성기의 60~70% 정도 일한다.

'치과 기공사'에 관한 자료가 많이 부족하다.

석고 등, 팔리싱으로 인한 분진,

레진액이 인체에 미치는 영향,

정밀작업 자세(구부정한)가 허리에 미치는 영향,

기공소 안에 공기 오염상태는 어느 정도인가?,

기공사 한 명이 어느 정도 일을 얼마만큼 해야 하는가 등등.

누군가가 더 많은 연구를 해서 궁금증을 풀어 주었으면 한다.

해서,

지금 내가 할 수 있는 건

내가 경험하고 느낀 것들을

부분적으로나마 이렇게 글로 남겨

후배들이 앞으로 살아가는 데 있어 미약하나마

현재의 '나 자신'을 가늠해보는

'가늠자' 역할이 될 수 있었으면 좋겠다.

치과계에 있으면서 많이 배우고, 느끼고 살았다.

알게 모르게 도움 준 분들도 많았고…,

그분들께 감사드린다.

나도 무엇이든 도움이 될 만한 것을 생각해 보았다.

그게 바로 '양복점과 기공소'와 그 외

그동안 조금씩 써본 글들이다.

그냥그냥 살아도 인생이고, 치열하게 살아도 인생이다.

어느 인생이 더 잘된 인생인지는

자신이 자신에게 점수를 주는 것이다.

난
치과
기공사가
참 좋다

＿＿＿ 난 기공일이 좋다

이제사 말인데 난 치과 기공사가 참 좋다.

아직까지 날 먹여 살렸고,

넘치지는 않았으나 크게 부족하지도 않았다.

흥청망청 살아본 기억은 없으나, 돈 없어 쩔쩔매지도 않았으니

지극히 평범하게 중간 정도의 길을 온 듯하다.

솔직히 나라고 이 일이 즐겁기만 했겠는가.

징글징글 징그럽기만 할 때도 있었고

이빨이 무섭기도 했다.

내가 이거 아니면 못 먹고 사나?

나의 길이 꼭 이 길이어야 하는가? 때려치운다고 갈등도 많았다.

우선 먹고 사는 게 내 몸을 붙잡았고

세월이 내 마음을 머물게 했다.
이젠 다른 일은 안 해봐서 못하고, 아는 게 없어서 못 하고
용기가 없어서도 못 한다.

처음 이 일에 감사해 했던 건 IMF로 세상이 힘들 때였다.
잘나가던 친구들이 감원이다, 명퇴다 해서 불안해했지만
난 일이 바빠서 잠잘 시간이 부족하였으니
힘들어도 힘든 줄 모르고 일했다.

그 좋은 직장에서 물러나
퇴직금 받아서 세차장 하는 친구도 있었지만 있었고
머리로만 살다가 막상 다른 거 하려니 할 게 있을 리 없고
이미 나이가 있는 탓에 재취업은 어렵다고 했다.
대형 운전면허 따는 친구도 있고….
있는 돈 곶감 빼먹듯 사는 게
얼마나 불안한 건지는 한두 달만 해봐도 안다.

또다시 경제가 어렵다는 요즘이다.
기공일이 배우는 데 세월이 필요한 만큼
한 번 익혀 놓으면 유행이 있어 변하는 거 아니고

배짱 좋게 한두 달 해외로 배낭여행 다녀와도

취업엔 큰 무리가 없으니 이 아니 좋은가.

(물론 어느 정도 수준에 있어야 하겠지만…)

사람 만나고, 비위 맞추고, 싫은 내색 할 수 없고….

그것보다야 이빨 살살 달래가며 왁스업 하는 게 더 좋지 않은가?

어려울 때일수록 빛나는 게 우리 직업이다.

고달프고 힘들긴 하지만

그 정도 힘 안 들고 먹고 살기란 쉽지 않을 것이다.

저 들판에 한가롭고 여유 있어 보이는 농부도

가까이 가보면 새벽부터 나와 땀 흘려가며 일하는 것 아닌가?

꿈을 이루는 그 날까지

봉급은 얼마나 받아야 하는가?
정시에 일 마칠 수 있고
차근차근 일 가르쳐주고
봉급도 섭섭지 않게 준다면 이 한 몸 다 바쳐 일하겠다.

분명, 이런 기공소도 있겠다.
마음 따스한 분이 소장님이리라.
여기서 근무하는 분은 그만둘 생각 별로 안 할 테고
한 자리 빈다고 한들 그 자리 대기자가 넘칠 것이다.

편하고 돈 많이 주는 곳은 없다.
그런 곳을 '내가' 만들면 된다.
기공사의 꿈이 무엇인가.

한번, 소장은 해봐야 할 것 아닌가?

일 배운다는 건 고달프고 어렵다.

참고, 견디고, 버티고…, 그리고 희망을 품는 것이다.

늘 부족하게 느껴지는 봉급이지만

소장이 되기 위한 '트레이닝'이라 생각하면 안 되겠는가?

나도 크라운 기사 시절에

포세린을 배우기 위해 봉급을 희생하고 일 년 이상을 봉사(?)했다.

보수는 참 어려운 이야기기 하지만

스스로가 적정선을 가장 잘 알고 있는 것이다.

생각보다 적거나 많이 받는다면 누군가 한쪽 마음이 불편할 것이다.

왜? 우리는 프로니까.

너무 조급한 마음이 자신의 시야를 좁힌다.

짬밥 수에 따라 세월 가면 다 거기서 거기다.

잘하고 못하는 거 우리끼리 이야기지

보통의 경우 의사들은 잘 맞는 것 그 이상도 그 이하도 아니다.

일을 배운다는 것

그것은 인간적으로 접근해야 한다.

사람끼리 통해야 부수적으로 '기술'도 따라오는 것이다.

이미 많은 기술은 세미나 등을 통해서 배울 수 있다.

아니, 대학에서 다 배웠다.

다만 기회가 없을 뿐이다. 아직 숙달되지 않았을 뿐이다.

실력이 완성된다면

자연스레 그에 따른 보수도 오를 것이다.

공자님 말씀 같은 다 아는 이야길 너저분하게 했다.

부디, 맘 상하지 마시고

그대 꿈 이루는 날까지 홧~팅 합시다!

이느무 이빨이 뭐길래

자기가 하는 일은 다 어렵고 힘들고 세상에 몹쓸 일이라고 하더이다.

그래도 그만두지 않고서 끝까지 하더이다.

그러면서 도시락 싸들고 말린다고 열변을 토하더이다.

아직도 그 일을 그대로 하더이다.

세상사 무슨 일이든 쉬운 일은 없을 것이다.

그것이 '돈' 버는 일이라면 더욱더 그러할 것이다.

남들 하는 거 보면 설렁설렁 놀아가며 쉽게 사는 거 같은데….

누구는 쎄빠지게 일해도 몇 푼 손에 쥐기 힘드니

C팔 G팔이 안 나올 수가 없겠다.

예전에 밥 대먹던 식당 사장이 하던 말이 생각난다.

돈 잘 버는 사람은 늦게 나와서 일찍 들어가고

못 버는 사람이 새벽부터 일하는 거라고.

맞는 말이기도 하다.

우리들은 기공계의 프로들이다.

좀 한다면 연봉이 4,000~5,000은 되지 않는가?

선수생활 때려치우고 구단주 해도 되고.

당구도 한 200 정도 치기는 쉽다.

그 이상 친다면 많이 깨지고,

밤새고 한 번은 이겨보겠다고 이를 악물어본 사람이겠지.

기공일도 뛰어나려면 감독도 중요하겠지만

스스로 노력하고 즐거운 마음가짐으로 일하는 게 우선일 것이다.

밤새가며 고민하고 노력했는가?

일이 밀려서 늦는 건가 아니면 무엇을 해결하려고 늦는 건가?

일하는 방법을 여러 가지로 시도하는가?

그냥 배운 대로 시키는 대로만 하는가?

매일 야근하고

봉급 짜고

뭐도 없고

개뿔 쥐뿔 다 없다고

그러지 말자.

그 일을 해서 밥 먹고 사는 난 뭐가 되겠는가?

날 여기까지 오게 했고

이 일로 먹고살며

적어도 해고에 대한 투쟁을 쌍용 자동차처럼 안 해도 되지 않는가?

전에도 말했듯이

한 번 배워두면 유행처럼 바뀌는 거 없고

하던 거 계속하면 되는 거고

살고 싶은 동네 가서 살 수 있고….

불만이 없다면 발전도 없겠지만

비관, 비판만 하는 사람은 인생도 그리 된다더라~

ㅎ

무슨 대단한 글 쓰는 듯 되었다.

우리 기공계를 너무 비관적인 생각으로 접하는 분이 많은 듯하여

또 스스로를 너무 하대하는 몇몇 분들.

힘내시고 더위에 짜증이 나더라도

참고 열심히 기술 연마해 '대박' 한 번 터뜨리라고

기운을 불어주고 싶다.

ㅃ ㅏ ㅅ ㅑ ~~~

'치과 기공사' 어떻게 살 것인가?

직업이란 게 몇 년 하다가 다른 거 하고
쉬다가 또 바꾸고 그럴 수는 없다.
특히 우리 같은 전문직이라면 그냥 가는 거다.
쭈~우~우~우~욱!

들리는 말로
대충 살아도 80은 산단다.
담배 피고, 술 왕창 먹고 하는 사람에게 위안거리가 될지언정
골골거리면서, 빌빌 대면서, 100살을 살면 뭐하나?
ㅎㅋㅎㅋㅎㅋㅎㅋㅎㅋㅎㅋㅎㅋㅎ

＊ 남보다 앞서려고 발버둥 치지 마세요.

1등 해본 적 있습니까?

하기도 어렵고 지키기란 더 어렵습니다.

너무 처지면 안 되겠지만, 가끔 세미나 듣고 이해할 수 있으면 됩니다. 남들 하는 거 어깨너머로 보고 흉내 낼 수 있으면 됩니다.

앞선 자리 지키려면 스트레스 많이 받습니다.

연구, 공부는 체질에 맞는 몇 분이 열심히 하고, 그거 배우자고요.

지금 세미나 들으려고 돈 모아둔 거 있으면 해외 배낭여행 먼저 가세요. 그게, 두고두고 술 먹을 때, 그 어떤 모임에서건 할 말이 있고 재밌습니다.

** 무엇을 어떻게 놀 것인가를 찾으세요.

아직은 기공 기술 연마에 힘을 쏟아야 할 때라고 생각하시겠지요.

인생이 마라톤이듯 기술을 익히는 것도 마찬가지입니다.

비교적 열악한 환경에 앉아서 일하는 기공사들은 야외활동 취미가 좋습니다. 마라톤 10년, 루어낚시 30여 년, 족구 10여 년, 낚시와 족구는 현재 진행형이고요.

올해부터 시작하는 캠핑, 요것도 매력 있더라고요.

일에 치여서, 언제 때려치우나 날짜 꼽지 마시고

봉급 좀 덜 받더라도 여유 있게 일할 수 있는 직장 선택하고,

엉뚱한데 한 뭉텅이 돈 날리지 말고 조금씩 취미 생활에 투자하세요.
학생 때 열공했습니다.
시험 땐 더 이상 해야 할 공부가 없어서 영화 봤습니다.
나 따라다닌 친구 재시험 단골이었습니다.
그 친구 일찌감치 다른 길 가서 잘 삽니다.

각자의 생각과 체질이 다르니
이게 옳다 그르다 말하기 어렵지만
그래도 자신만이 자신을 움직일 수 있으니
어떻게 살 것인가는 늘 화두로 삼아야겠지요.

택시 하는 분들
직장생활 쎄빠지게 하다가
개인택시 받아서 살만하면 죽는다고
그분들 운동 여러 가지 많이 하더라고요.

고생고생해서
겨우 기공소 차리면, 직원들 퇴근시키고
혼자 밤새고 일하는 소장 많습니다.
돈 버는 것도 한때겠지만, 무엇보다 건강한 게 결국은 이기는 겁니다.

슬로우 시티, 슬로우 푸드

요즘 유행 코드잖아요.

슬슬 오래오래 하자고요. 즐기면서 해피하게~

밤일, 당신의 능력을 보여주세요

밤일이라니까 혹시 신 나는 생각을 했다면
당신은 제대로 낚였습니다. ㅎㅎㅎ

'기공사'는 얼마만큼 일하고 얼마만큼 보수를 받아야 하는가?
9시 출근해서 늦어도 19시엔 퇴근해야겠다. 사실 이것도 과로다.
그것이 안 된다면 '능력'이 부족하다고 인정해야 한다.
그러면 능력은 어떤 걸 능력이라 해야 하는가?

출근해서 옆도 돌아볼 시간 없이 온종일 쎄빠지게 일한 걸 능력이라
하긴 어렵다. 출근해선 모닝커피 한잔하고, 점심시간은 한 시간이 확
보되어야 하고 잠깐씩 스트레칭 또는 편하게 노래 몇 곡 정도 들을
수 있는 여유는 있어야겠다.
적어도 이런 정도의 상태에서 내가 할 수 있는 일을 '나의 능력'이라

고 본다. 그래야 일이 없을 땐 산책을 할 수도 있는 거고, 신문 잡지도 볼 것 아닌가.

반대로 일이 몰릴 때 좀 열심히 해서 시간 내 일을 마칠 수 있겠다.

정말 열심히 해서 10을 할 수 있는 거라면

나의 능력은 7이라고 해야 한다.

그러면 7을 가지고 취직하고 보수 결정을 하는 게 좋다.

당장은 살림살이도 빡빡하고 누구도 '돈'이란 놈 앞에서 자유로울 수 없으니 한 푼이라도 더 벌고자 함이 현실이긴 하다.

그러나 인생은 마라톤이다. 아직 많이 살아야 하고 더 달려야 한다.

100%의 능력치로 매일 한다면 건강에 해롭다.

살만할 때에, 더 좋은 세상이 시작될 때 몸이 아프면 무엇이 즐거우랴.

70%만 발휘하고 살아도 훌륭한 삶이다.

물론 30%를 쓸데없는 데 사용한다면 차라리 밤일 하시게. ㅎㅎㅎ

여유가 있어야 주위도 둘러보는 거고

미래를 꿈꾸고 실행에 옮길 준비를 할 수 있는 것이다.

의사들 농담 한 가지

의사들 사이에 농담 한 가지
30대는 돈 벌기 위해 수술하고

40대는 권위를 위해 수술하고
50대가 되어야 환자를 위하여 수술한다는….

우리 '치과 기공사'도 별반 다른 거 같지 않다.
젊은 시절엔 열심히 봉급 더 받기 위해 일했고
일 좀 한다는 소리 들을 때쯤에
기공소 차리고 기공소 알리느라 일했다.
그렇게 세월이 가고서야 지나온 길 돌아보고,
일 가르쳐주던 선배님들이 그리워지고,
인레이 크라운 만들어 내 몫은 얼마 안 되지만

환자가 내야 하는 큰돈과 내가 맡은 치아건강을 생각하게 되었다.

이번 10월엔 뭐 때문인지는 몰라도 많이 한가했다.
덕분에 한가롭게 단풍구경도 하고 한잔 술도 자주 했지만.
결산해보니 좀 부족한 느낌.
그러면 그런 데로 열심히 살아야지.
내일은 오늘보다 좋을 테니까.
화이팅!!!

당장 짐 싸서 떠나라. 네가 직원이라면

신부님들에겐 몇 년에 한 번씩 '안식년'이란 게 있다.
결혼도 안 하고 어린양 돌보는 게 쉽지는 않을 터.

성직자로써 다양한 삶을 알아야 하고
경험하라는 배려가 아닌가 생각한다.

'기공사'란 직업으로 사는 것도 '도'닦는 마음이 아니라면 참 어렵다.
치과의사 의뢰로 치아 모형만 보고 작업해야 하기에
의료인으로써 보람을 느끼기엔 거리감이 있다.
게다가 잘못된 경우는 무조건 기공사 탓으로 돌리니 환장하겠다.
그렇다고 환장할 일만 있는 건 아니다.
우리가 안식년을 주장하고 살 수는 없지만 스스로 만들 수는 있다.
한 3년 일 배우면 무언가 이루었으리라.

3년이란 게 '그 무엇'을 이룰 수 있는 최소한의 기간이란다.
중고등학교가 그래서 3년씩이란다.

크라운이든, 덴취든 한 3년 했으면 어느 정도 수준 됐을 터.
'안식달' 만들어 한 달 쉰다고 어떻게 되겠는가?
지금 해외여행 떠나면 반값일 게다.
날이 춥고 사람이 없으니 더 많은 혜택을 받을 것이다.

직원으로 있다면 당장 떠날 수 있겠다.
나 없어도 세상은 얄밉도록 아무 일 없이 잘 돌아갈 테니.
파트장 위치라면 친한 친구나 후배에게 길 터주고 떠나라.
정말 필요한 사람이라면 언젠가 다시 불러줄 테니.
소장이라면 일처리 문제가 복잡하긴 해도
더 많은 방법을 구사할 수 있으니 '작심'만 하면 된다.

여행은 되도록 젊을 때 떠나야 기억에 많이 남는다.
내게 기억되는 여행 추억은 무전여행처럼 떠난 학생시절이다.
나이 들수록 해외여행은 체력과 식성 때문에 점점 견디기 어려운,
그저, 인솔자 꽁무니 따라다니며 두리번거리다 올 확률이 높다.

세상에 여행가라고 돈 남은 적 없다.
어려운 가운데도 우선순위에 '여행'을 올려놓는 거다.
바로 지금이 '그때'라고 생각되면 짐 싸는 것이다.

아내와 함께라면 평생을 우려먹을 추억이고
아이와 함께라면 얼마나 행복한가?

아무 일도 하지 않고 쉬는 것도 '일함'의 행복을 알려줄 것이고
다시금 새로운 직장에서 각오를 다지는 것도 좋겠다.
요즘 적어놓고 자주 보고 있는 글이 있다.

1. 나는 어디로 가고 있는가.
2. 나는 거기에 어떻게 가려고 하는가.
3. 거기에 갔다면 어떻게, 무엇으로 아는가.

이느무 기공소를 때려치워?

"이느무 기공소 때려친다."고 마음 먹었다.

그래도 힘이 있을 때 다른 걸 해야 할 거라고 생각한 것이다.

아내에게 고백했다.

"그동안 너무 힘들었다. 무얼 하든 굶기야 하겠는가? 내 인생에 −휴가−를 달라." 그리곤 밥 해먹을 준비, 낚시 도구 한 차 가득 싣고서 강원도로 떠났다. 일주일이 될지 한 달이 될지는 모른다. 생각이 정리되는 날 돌아오겠다는 비장한 각오를 남기고….

40대 초반 봄이었다.

어느 사찰에서 석가 탄신일이라고 밥도 얻어먹었으니….

바다로 계곡으로 낚시에 며칠이 갔다.

그리고 밤이 되면 쓸쓸하고 외롭다 못해 괴로웠다.

무얼 한단 말인가?

닭이라도 튀겨야 하는 건가?

일에만 매여 살다가 갑자기 찾아온 내적 변화에 무얼 해야 할는지….

머릿속은 더 복잡했다.

일요일이 아니고 한창 일할 나이니 같이 놀아줄 친구도 없고

다른 일 할 그 무엇도 찾기 어렵고

모아둔 여유자금도 없이 무얼 한다는 게 쉽지 않았고 자신도 없었다.

하루하루 갈수록 즐거움보다 괴로움이 더했다.

이건 머리로 해결되는 게 아니었다.

몸으로 부딪히고 아내와 상의해야 하는 것이었다.

얼마나 속을 끓였던지 입술이 부르텄다.

"가자, 집으로 돌아가자"

갑자기 집이 그리웠다.

차를 집으로 몰았다.

호기 있게 나왔으나 1주일도 못 채우고.

고속도로를 나와서 한 30분이면 집에 도착한다고 생각하니

아내도 자식도 더 그립고 보고 싶었다.

전화를 해서 잘 다니던 술집으로 나오라 했다.

수염도 못 깎고 입술은 부르트고.

거지 중에도 상거지 몰골인 나를 보고 아내가 웃는다.

"내 손에 밥 먹을 때가 좋은 시절인 줄 알아, 나가봐야 뭐 있을 것 같아? 아주 꼴 좋으네."

막걸리 한잔하니 역시 집이 좋구나. 집이 제일이구나.

호프집이라도 할까 하니

안 보이던 호프집이 한 집 건너 하나씩 엄청 많다. 허거덕!

알량한 자존심 때문에 몇 개월 쉬면서

다른 거 해볼 엄두도 못 내고 달랑 몇 푼 있던 거 다 쓰고

그제야

내가 할 것은 역시 '기공소'구나.

내가 '치과 기공사'로 만족하고 사는 건

발버둥 쳐보았기 때문이다.

젊은 사람이 불만 없이 안주하고 사는 것도 가련해 보인다.

그렇다고 불만이 '자학'하는 수준에 이른다면

일에도 지장이 있을뿐더러 건강에도 해롭다.

'소장'이 하는 거 보면 답답하다 느껴지기도 하겠지만 그런 건 잘 인지하고 있다가 내가 '소장' 위치에 있을 때 개선하면 된다.

나름대로 다 이유가 있는 것이다.

내가 소장이 아니면 모를 수 있는 부분이 있기 마련이고 생각이 다르다. 누군들 손이 작아서 주는 돈 못 가져가겠는가?

얼마 전 청소부 모집에 대졸자가 많이 모였다는 뉴스가 있었다.

모래주머니 들고 뛰는 모습을 보면서

우리는 얼마나 좋은 직업인가 생각했다.

더우면 에어컨 나오지, 추우면 난로 있지.

최소한 얼굴 팔릴 일 없고.

긴 것에 대면 짧기 마련이다.

지금 열심히 살면, 지금 만족하고 살면 된다.

너무 밑바닥으로만 길 필요 없는 거고

우리의 위치가 그렇지도 않다.

어제 내린 비에 옷 적실 일 없는 거고

내일 올 비에 우산 준비할 필요는 없다.

분명 쨍하고 해 뜰 날 맞이할 수 있다.

토요일이 가깝다.

무얼하고 놀까? 가슴 뛰지 않는가?

오늘도 홧~~팅~!!

_____ 이 또한 지나가리라

"이 또한 지나가리라"

슬프고, 기쁘고, 힘들고, 괴롭고, 환희의 순간도.

'치과 기공사'로 오래도록 일했다.

그게 뭐하는 거냐고 물어보는 사람이 많았다, 예전엔.

지금은 많이 알고 있고 돈 많이 버는 직업으로 아는 사람이 많다.

난 그럴 때마다 이렇게 대답했다.

슈퍼라고 다 돈 많이 버는 거 아니다.

식당이라고 다 돈 많이 버는 거 아니다.

먹고는 산다.

슈퍼가 돈 버는 건 쥔이 돈 벌기만 하고 쓸 시간이 없기 때문이다.

아침부터 밤 12시까지 자릴 지켜야 하니 돈쓸 기회가 적어지기 때문이라고. 기공소도 크게 다를 거 없다고.

기사생활 5년 정도는 해야 어느 정도 자신감이 생길 것이다.
무엇을 하던 배우는 기간엔 박봉과 야근으로 힘든 시절이다.
그러나 그걸 이겨내는 힘은 '나의 꿈'이다.
'치과 기공사'로써의 꿈이 무엇인가?
자신의 이름 내걸고 소장으로 일할 수 있다는 것 아닌가?
기공소 하긴 쉽냐고? 그거야 개인의 능력이고 실력인거지.
세상을 원망할 이유는 없는 것 아닌가.

어찌됐든 우리는 지금 일하고 있고 돈을 벌고 있다.
이보다 더 좋은, 쉬운 길이 있다면 그 길로 갔겠지만,
걱정도 내일도 접어두고 '지금' 최선을 다하면 후회는 없겠다.

이런 이야기 하는 사람이 꼭 있다.
한국도 아니고 조선 놈들은 어쩌고 저쩌고….
한국 놈들 하는 짓이 다 그렇다고.
자신은 한국 놈 아니고 다른 나라에서 왔는가?

우린 다 같이 치기공사로 일하고 있다.

그러면서 세상에 못할 짓이 이 일인 양 말하는 사람이 있다.
몇 년 만에 골병이 들었다는 둥
해먹을 게 없어서 이 일을 하느냐는 둥
막일 하는 것만도 못하고, 남 좋은 일만 시켜준다는 둥
참 비겁한 인간들이다.

치기공이 무엇인지 이제 배워가는 사람들에게
도대체 할 말이라곤 이 정도밖에 안 되는가.
그게 사실이라 치자.
거기에 머물고 있는 '당신'은 무엇인가? 왜 못 떠나는가?

돈 앞에 치사하고 더럽지 않은 게 어디 있던가.
남 주머니에 있는 돈이 거저 나오던가.
모든 걸 내 맘대로 할 수 있는 사람은 어디에도 없다.
조금씩 내 구역을 확보해 나가는 거고, 넓히는 거다.
그러기 위해 실력도 키워야 하는 거고, 숙여야 하는 거고, 감사할 줄
알아야 하는 거다.

예전에 '씨랜드'라고 하는 곳에서 화재로 많은 어린이가 어이없게 죽
었다. 도대체 화재에 대한 기본적인 장치가 없었다.

아이를 잃은 엄마 중 하키 국가대표 선수였던 분이 훈장과 나라에서
받은 모든 걸 국가에 반납하고 뉴질랜드로 이민 갔다.
이런 나라에서 살기 싫다고. 멋지다.

이 나라가 싫으면 모두 다 가라.
기공계가 싫으면 가라~!! 조각도 내던지고 멋지게 떠나라.
남아 있는 우리끼리 부대끼며 사랑하며 살겠다.
꼬리 감추고 개집에 들어가 짖지 말고
잘못된 게 있으면 이렇게 고치자고 주장하라.

그 누구도 여기까지 그냥 아무 일 없이 쉽게 온 게 아니다.
때론 피가 끓기도 했고
냉정하게 판단해야 하기도 했다.
그래서 내린 결론이 여기고 이 일 아닌가.
힘들고, 어렵고, 속이 끓어 오르고, 참고, 견디고 이겨 냈는가?
다 지나고 나면 그것이 나의 기쁨, 나의 도전으로 남을 것이다.
지금 어려운 구간을 지나고 있는 자여!
분명 이 또한 지나가리라.

지친 '치과 기공사'에게 고함

보통사람은 자신이 가보지 못한 길을
동경하거나, 그리워하거나, 아쉬움이 있기 마련이다.
그때 그걸 했더라면….
그때 이렇게 했어야 하는데… 생각하지만
떠나버린 기차다.

예전에 대기업 부장직에 있던 친구가 회사를 그만두고
세차장을 시작했다.
무슨 일로 사표를 냈는지 모르나
세차장 일을 하면서 살도 빠지고 표정도 밝아 보였다.
술 한잔 하면서 하는 말이
"스트레스받을 거 없고 단순한 일이라 재미있다"는 거였다.
정말로 그렇게 보였다.

아마도 회사 간부라는 게 책임과 성과 올리기에 여간 스트레스받는
게 아니었던가 보다. 술 마시는 내내 요즘이 얼마나 즐겁고 행복한가
에 푹 빠져 이야길 나누었다.

그러다 1년이 다 되어갈 무렵 다시 만났을 땐
세차장을 그만두고 작은 업체에 다닌다고 했다.

세상살이가 그런가 보다.
그 친구는 처음 몸으로 일해서 돈 벌어 보니
나름 육신은 힘들었지만, 정신적 스트레스가 없으니 편했을 것이다.
그러나 소위 몸으로 때우는 게 만만치 않음을 뒤늦게 깨달았으리라.
요즘처럼 추운 날씨라면 아마도 진저리쳤을 텐데….

결국 자기 자리로 돌아간 거였다.
분명, 그 친구도 그랬을 것이다.
이렇게도 살 수 있는 걸 왜 그러고 살았나.
스트레스 안 받지, 몸이 힘드니까 잡생각 없고 잠 잘 오지.
몇 달 아니 두세 달은 정말 즐거웠으리라.
그러나 문득, 이게 무슨 짓인가 생각도 했을 터
계속 이 일을 한다는 게 즐거움만이 아니라는 것도 알게 됐을 거다.

가끔씩 가지 않은 길이 궁금하다.

내가 선택한 길이 잘된 것인가 묻기도 한다.

그러나 부질없는 짓이다.

이미 '치기공' 일하기에 오감과 근육이 맞춰져 발달되었다.

그래서

나에게 부장이라는 간부직을 준대도 능력이 없어서 못하겠지만,

내가 하고 있는 일이 남들이 보기엔 부러운 일이기도 하겠구나.

기술 있겠다 어디인들 못 가랴.

골프라는 게

힘 빼는 데 3년 걸린단다.

바둑 18급은 가르치기 쉬워도

1급 두는 사람 가르치기는 더 어렵다고.

직업도 처음 선택에 신중을 기하고 택했을 터

기왕지사 시작한 지 좀 됐다면 다른 거 시작하기란 정말 어렵다.

그냥 편한 맘먹고 즐겁게 일하자.

나는 행복하다 말하자.

나는 정말 복 받은 사람이다 생각하자.

이렇게 좋은 능력 주셔서 감사하다 기도하자.

_____ 나의 치과 기공 이력서

내겐 특이한 이력이 하나 있다.
한 기공소를 여러 번 들락날락했으니.

첫 번째
군 제대 후 처음 취업한 기공소다.
포세린 캡 조각과 크라운을 배우던 곳이다.
늦게까지 일하길 밥 먹듯이 했고
크라운 기사 라면 끓여주는 것도 마다하지 않았다.
친구들 만날 시간도 없었고, 피곤함에 지친 나날이었으나
배움에 대한 집념이 매우 강하던 시기였다.
크라운 기사로 취업할 만큼 배우고 그만 두었다.

두 번째

크라운 주임기사로 다시 취업하였다.

1년 정도 후에 다시 취업한 관계로 일이 낯설지 않았고

직원도 알고 있는 사람이 있었기에 여러모로 일하기 편했다.

열심히 일했고 부사수에게 많이 가르쳐 주고

일거리도 많이 넘겨주면서

포세린 파트를 얼쩡거리기 시작했다.

메탈캡 트리밍도 해놓고

콘택, 바이트 맞춰 놓고….

구치인 경우는 대충 완성도 시키고

빌덥 기사랑 친하게 지내며 쎄컨백 부탁도 많이 했다.

물론 저녁도 사고 연애 감정을 품기도 했다.

어느 정도 자신감이 붙었을 때

다른 업체에 포세린 기사로 취업했다.

세 번째

여기저기 떠돌다가

포세린 기사로 또다시 들어갔다.

제법 규모도 많이 커서 직원이 많았다.

포세린 파트만도 여러 명이었다.

직원 중엔 나이로 보나 경력으로 보나 제일 선임자였다.

파트장끼리 모여 일과 직원에 관해 상의도 하고
직원 복지에 대한 요구도 소장에게 주장했다.

네 번째
기공소를 하기엔 2% 부족한 게 있어서
소장님 배려로 한 공간을 사용할 수 있게 해주었다.
기공소 내에 기공소를 운영하게 된 것이다.
처음 운영하다 보니 어려움이 많았다.
거래처 확보도 어려웠고
직원도 어쩔 수 없이 초보를 구하게 된 입장이라
일하랴, 직원 가르치랴, 거래처 왔다 갔다 하랴
힘만 들고 돈벌이도 안 되고 해서
1년도 제대로 못 하고 기공실로 들어갔다.

한 기공소에서 크라운, 포세린 파트장을 두루두루 다 해본 것이다.
그것은 소장에게 인정을 받은 것이고,
나도 성실히 일한 것에 대한 결과였다고 생각한다.
언제라도 돌아갈 수 있는 고향처럼, 어머니 품 같은,
항상 나를 인정하고 받아주는 기공소가 있다면 좋지 않은가.
일이야 매일 하는 거니 비슷하다고 보면

무엇보다 성실한 자세와 인간적인 만남이
더 중요한 게 아닐까 생각해 본다.

_____ 그래도 난 기공이 좋다

그래도 난 기공이 좋다.
어쩔 수 없는 경쟁사회에서
나도 먹고 살자니 좀 비겁해질 때도 있었고
지렁이도 화나면 독사 된다고
고개 세우고 덤빈 적도 있었다.

밤새워 공부해보진 않았으나
밤새워 일해 본 적 많다.
동트는 새벽에 빛나던 나의 작품은
스스로도 감탄했다.

비움,
긍정,

즐거움.

이 세 가지가 장수의 비결이라 한다.
아직 살아갈 날이 많다면 모르되 그렇지 않다면
즐거운 마음으로 일하는 자세가 자신의 삶을 풍요롭게 하리라.

진흙탕 속에서도
아름다운 연꽃은 피어나고
어두울수록 빛나는 별이 있음을….

흔들리지 말고
어제 하던 거 오늘도 하고
오늘 하던 거 내일도 하면 된다.
누구나 그러고 산다.
그러고 사는 게 우리네 인생이다.

치과 기공사 후배들에게

어느 길을 가야 할까 고민하는 후배들이 많은 것 같다.

이제 사회 초년병이고

앞은 보이지 않는 먼~길

어느 곳에서 무슨 일을 하든 첫걸음 떼기가 쉽지는 않을 것이다.

이미 졸업하고 면허증을 취득했다면

그리고 기공소에서 일을 하고 있다면

위도 아래도 보지마~ 앞에만 봐~ 노래 부르고 싶다.

낚시해 보았는가?

낚시도 알고 보면 여러 가지 분야로 종류가 많다.

난 루어 낚시를 주로 하고 있다.

흐르는 강물 따라 이동해가며 인조미끼를 사용하는 낚시다.

쏘가리라도 한 마리 잡으면 신 나는 날이지만

아무런 성과가 없는 날이 더 많다.

낚시가 안 되는 날은
여기보다 강 건너 저편이 그럴듯한 포인트로 보인다.
기어코 다리 건너 물 건너 가고야 만다.
건너온 그 자리가 다행히 잘 잡히는 장소일 때도 있긴 하다.
허나 거기라고 '용가리 통뼈'는 아닌 경우가 더 많다.
역시, 강 건너편이 좋아 보인다.
그렇게 두세 번 왔다 갔다 하다 보면 어느덧 날이 저무는 시간이다.
대체로 이런 날은 '꽝'이다.

강 따라 산보한다는 마음으로 여유를 갖고 주변 경치도 감상하며
차분히 탐색하는 게 더 좋다.
고기 잡는 것이 목표이긴 하지만
내 마음이 쉬고 자연과 동화되는 것도 놓칠 수 없는 부분이다.
고기를 못 잡았다고 아무것도 못 한 게 아니다.

'치과 기공'이란 걸
시장바닥에 물건 고르듯이 선택했다면 모를까
그래도 신중히 고려해 선택하고 시작했을 것이다.

졸업만으로도 3년의 세월이 간 거다.

3년이 '그 무엇'을 이루는데 최소한의 시간이다.

이빨 알레르기가 없다면 '도전하라!

도전하라!

즐겁게 하라!

좀 시간이 걸릴지도 모른다.

마라톤처럼 길고, 고통의 시간이 오고….

어느 시점에서부터는 호흡이 편해질 것이다.

아마도 하프 정도를 달려본 사람이라면

'그 호흡'의 의미를 더 잘 알 것이다.

일하기 편하고

일찍 퇴근할 수 있고

봉급 많이 받는다면 좋겠지만

그런 '덴탈 유토피아'는 없다는 소문이다.

그래도 희망이 있다.

'나만의 '왕국'을 내가 만들면 된다.

내가 선택해서 내 길을 내가 만들 수는 있다.

난 토요일은 쉬는 걸 원칙으로 일한다.

난 거래처 하루 한 번만 간다.

난 이 두 가지 원칙으로 기쁘게 일하고 있다.

물론 오랜 시간이 필요했다.

돈은 일한 만큼 버는 것이니

이보다 정직하고 떳떳한 돈이 어디 있는가.

무슨 일을 하든 간에 다 사람이 하는 일이다.

남도 하고 있고 선배도 다 해왔다.

'나라고 왜 못 해내랴' 하는 마음가짐을 갖자.

'콩 심은 데 콩 나고 이빨 심으면 이빨 나온다.'

사람 사는 세상 다 엇비슷하다.

십 년 전에 어리석더니 아직도 어리석구나.

법구경이던가? 어느 절에 쓰여 있던 글귀인데 꽂히지 않는가?

후배님들 마음에 평화가 함께하길….

십 년 후엔 큰 나무로 우뚝 서길 바랍니다.

____ 이 세상 하나뿐인 반지

기공소 오픈하고 한창 바쁘게 일할 때 이야기다.

바쁘게 일은 했지만 모든 게 서툴러 직원 봉급 맞추기에 급급했다.
매일 늦게까지 일하는데 집에 갖다 줄 돈은 적었으니
아내의 표정은 이해가 안 된다는 눈치다.

크리스마스가 다가오는데
뭔가 기억에 남는 선물을 해주고 싶었다.
간단하게 외식하고 옷 한 벌 사주면 가슴에 팍 꽂히겠지만,
그러긴 사정이 여의치 않고,
나의 정성을, 노력을, 사랑을 보여주기로 했다.

그래서 반지를 만들기로 했다.

학생 때나 초년병 기사 시절에 한 번쯤 해보았으리라.
금으로 만든다는 것은 흔하고
전문가가 워낙 솜씨 있게 만드니 패스하고
포세린으로 만들어 보자고 생각했다.

반지모양을 캐스팅해서
안팎을 모두 포세린으로 입히고
무늬를 스테인으로 처리했다.
실패다.
스테인만으론 색상이 명확하지 않았다.
여러 번의 시도 끝에 방법은 파우더에 흰색 스테인을 섞어서
바탕색을 만들고 다른 색들도 흰색을 조금 섞어 무늬를 그려 넣으면
그럴듯한 무늬와 색상을 얻을 수 있다.

연습 삼아 딸내미 것부터 만들어 보고
아내 것도 정성들여 만들었다.
내가 보기엔 칠보반지보다 더 그럴듯했다. ㅎㅎ

딸은 좋아했다.
아내는 어쩔 수 없이 고마워하는 듯했다.

화장대 서랍에 고이 간직하고 있는 것을 오래전에 보긴 했는데….
지금은 어디로 갔는지 모르겠다.
오래된 탱화처럼 구겨지고 희미해진 옛 추억이다.

이 글 보고
반지 만든다고 따라 하지 마라.
한소리 듣기 딱이다.
그렇지만 몰래
들키지만 않는다면
나름 즐거움이지.

즐거움이 지식보다 낫다.

_____ 일이 전부는 아니다

기공물 배달.
참 다양한 방법과
다양한 분을 만날 수 있는 기회였다.
퀵 서비스도 이용해보고, 어르신도 모셔보고,
별별 사연을 갖고 있는 분들을 만났다.

내게 정신적 혼란만 던져 놓고 가버린
그분은 웬만한 사람은 알만한 중소기업 이사까지 했던 분이다.
참으로 성실하고 매사에 정확했다.
출근과 일함에 있어서 성실함은 기본이고
차량 연료비도 몇 킬로 타고 얼마가 들었는지
노트에 꼼꼼하게 적어서 보여주었다.
그렇게까지 할 필요 없다고 해도, 그게 편하다며….

저녁을 함께할 기회가 있었는데

"소장님은 너무 열심히 일한다."

무슨 말씀을 하려는 건지 궁금했다.

기공계 사정도 이야기하고

세상 돌아가는 이야기도 하고

"기공물을 가격에 맞게 70~80%에

맞춰서 제작하면 되지 않겠느냐…"

70~80%에 맞추라니?

만들다 말 수도 없고….

알쏭달쏭 무슨 뜻인지 이해 못하고 말을 맺었다.

할 일은 늘 많았고

일찍 집에 들어가 느긋하게 TV를 본다는 건 호사였다.

시간 나면 진탕 먹는 술로 스트레스를 풀었다.

이래저래 밤 10시 전에 집에 가본 게 몇 번이나 될까? ㅠㅠ

이게 사람 사는 걸까?

언제까지 이러고 살아야 하는 건가.

그래도 벌이가 되니 놓지도 못하고

잡고 있자니 힘들어 죽겠고….

그러다 몇 달이 지나는 지난 어느 날,
70~80%에 맞추라는 말을, 갑자기, 한순간에 이해하게 되었다.
일을 좀 대충 쉬엄쉬엄하라는 말일 수도 있겠지만
그따위 시시껄렁한 이야긴 아니었을 게다.

운동 경기에서도 가끔 어려운 게임을 이기는 경우를 본다.
이를 악물고 150%, 200% 힘을 발휘해서 이기는
정말로 명장면이고 감동도 찐하게 온다.
같이 어깨동무하고 울고 싶어진다.
얼마나 고통의 연습을 참고 이겨냈는가를 알기에….

우리는 그렇게 살지 말자.
기공이란 게 세계를 제패하고 일등을 해야 하는 경기가 아니다.
한 번 힘쓰고 끝나는 경기가 아니다.
상대방을 거꾸러뜨려야 이기는 시합이 아니다.
내 실력 70%만 발휘해도 이길 수 있으면 되는 거 아닌가?

70% 정도 힘을 쏟아 일하고
나머지 20~30%는 집에 가서 쓰자.
일이 전부는 아니다.

여유가 필요하다.

여유를 얻기 위해 더 빨리 더 많이 일해야 하는 것이

아이러니지만 어찌할꼬.

그건 각자의 위치에서

각자가 상황에 맞게 해결해야 하는 숙제다.

무엇을 위해서 살 것인가?

어디까지 얼마나 더 완성도를 높일 것인가를 확정하지 못한다면

방황의 세월은 길어지고 힘들다.

중심을 잡자.

중심을 세우자.

오늘도 구강 건강을 위하여 힘쓰는

치과 기공사 여러분~

화이팅!!!

치과 기공사의 테크닉

테크닉이란 게 그리 쉽게 터득되는 게 아니다.

반복에 반복을 거듭해야 얻어지는 달콤한 열매다.

얼마 전 TV에서 보았는데 만 시간 연습해야 한다고 하더라~.

내 경험에 비추어 보면

기술의 습득은 긴 터널을 지나는 거와 비슷하다.

무얼 좀 배워 보겠다고 시작해 보면

점점 어두워지는 굴속으로 들어가게 된다.

언제까지, 어디까지가 어둠인지 알 수 없다. 그냥 가는 거다.

우리에겐 믿음이 있다. 그리고 알고 있다.

터널은 입구가 있고 결국엔 끝이 있다는 것을.

가끔은 너무 긴 터널도 있겠지만 분명 끝은 있다.

멀리 터널의 끝 한 줄기 빛이 보일 때, 그때가
무엇인가 '한 수' 얻어지는 순간이다.
다른 것은 몰라도 분명 '치과 기공' 기술은
매일 꾸준히 느는 게 아니다.
어제도 오늘도 그 타령인 듯하다가 어느 순간부터 급격히 상승하는
계단식의 기술 향상이다.

잊지는 말자.
기공소 생활이 매일 매일 그 타령인 듯해도
분명, 출구로 향하고 있음을.
그래서 즐기자.
어둠 속에선 즐길 게 더 많은 법 아닌가.
누군가가 보더라도 부끄러울 게 없다. 보이지도 않는다.
더 많이 시도해보고, 방법을 찾고….
어둡다고 딴짓하다간 영원히 안녕하는 수도 있으니 조심하고.

과정이 중요하다는 걸 이제야 이해했다.
너무 열심히 일하는 것도 별로 좋은 방법은 아니다.
여유를 갖고, 숨 한 번 고르고, 힘 빼고.
차 타고 동해안 획 돌고 와서 동해 일주를 했다고?

가다가 머물기도 하고, 파도를 보면서 해변을 거닐고, 해산물 음식도
즐기고, 일출도 봐야 동해안 구경했다고 말할 수 있는 거 아닌가?

내, 이제사 말인데
조금 천천히 배워도 괜찮더라~
그게 그렇게 바쁘게 서둔다고 되는 게 아니더라~
마음만 단단하게 묶어 둔다면 옆도 둘러보면서 잠시 머물다 간들.
그리해도 손해 볼 거 하나도 없더라~

3월 들어
나도 '무엇'에 도전을 했는데
거기 모인 사람을 보니
너무 열의가 넘쳐 이게 언제까지 가려나 걱정이 됩디다.
세 번째 모임에서 벌써, 삼분에 일이 안 나옵디다.

빨리 무언가 이루는 것도 중요하지만
더 중요한 건 오늘을 즐기는 것~!!!
내 인생 만들어가는 과정을 즐기는 것~!!!

오늘도 즐거운 하루 마무리하시길….

치과 기공사들이여~ 쇼를 하라!

우리 딸내미는 돈이 필요할 때만 말을 한다.
그때는 약간 콧소리가 섞인다.
"평소에 잘해라. 돈 필요할 때만 애교 떨지 말고."
액수는 그때그때 상황마다 다르지만
애교의 정도에 따라 더 나가는 경우가 없진 않으니….

"쇼를 하라."
너의 삶이 윤택해지리니….

우리가 하고 있는 일도 그렇다.
'지가(선배 혹은 사수 등) 언젠가 가르쳐 주겠지'보다는
"○○님 이건 어떻게 하는 겁니까?" 자꾸 이름을 불러주고
"○○님은 정말 기술이 좋습니다." 추켜 주고

"○○님 술 한잔 사주세요." 재롱떨면

이건 끝난 거다.

일 배우는 건 시간문제요, 내 하기 나름이다.

아무리 부모라도

평소에 말 한마디 없다가 용돈이나 달라면

그게 어디 쉽게 지갑이 열리겠는가?

열심히 공부하는 모습도 보이고

학생답게 고생하며 생활하는 열의가 있다면

부모는 용돈 달라는 말 없어도

알아서 주기 마련이다.

기공일도 마찬가지 아닌가?

좀 일찍 출근하고

책상 위 정리정돈하고

즐거운 마음으로, 기꺼이 커피 한 잔 타줄 줄 알고

마음으로부터 선배를 존경하면

어느 못된 놈이 아니고서야

잘 이끌어주지 않겠는가.

예로부터

자기 복은 자기가 갖고 태어난다고

다 자기가 자신의 복을 만드는 거다.

세상을 잘못 만나서도 아니고

세상이 잘못돼서도 아니다.

지금

내 위치가

내 인생이 뭔가 잘못돼가고 있다고 느낀다면

내가 무엇을 잘못하고 있는가?

스스로 자신을 들여다볼 일이다.

날은 덥다.

즐거운 마음으로 모든 일에 집중한다면

어느덧 서늘한 바람이 부는 저녁시간이 될 것이다.

오늘도 즐~!!!

치과 기공소 소장의 길을 보라

난 돈 벌기 위해서 일하지 않는다.

그동안 날 먹여 살려준 '이빨'이 고맙고

환자를 위해 봉사를 한다는 마음으로 일한다.

그렇게 한 달을 봉사하고 나면 고맙다고 치과에서 '돈'을 준다.

이 아니 좋을씨고~ ㅎㅎㅎ

이런 생각은 사실, 책을 보다가 나도 생각을 고쳐먹은 '흉내 내기'다.

생각을 바꾸면 훨씬 일하는데 동기부여가 된다.

일하는 즐거움과 목표를 갖게 돼서 인생이 행복하다.

기공 5년 차까지는 박봉과 밤일로 많이 힘들다.

대부분의 기술직이 그렇다.

학교 3년을 배웠어도 써먹을 기술이 없다 보니

청소와 단순한 일 외는 할 일이 없는 것이다.

아무것도 모르는 '초짜'를 모셔다가
기술을 가르쳐 주는 것이다.
밥도 먹여주고 고생했다고 '돈'도 주네?
이 아니 기쁘지 않을쏘냐?

치과 기공과에 들어올 때 분명히 들었을 것이다.
'사업장을 개설할 수 있다' 이건 분명히 좋은 조건이다.
언제까지 직원으로 머무는 게 아니다.
적은 돈으로도 얼마든지 기공소를 할 수 있다.
열심히 배우고 한 번쯤 기공소 말아먹어도 크게 부담될 액수는 아니다.
오히려 직원과 업주 간에 입장을 공부하는 수업료라 치면 된다.

생각을 바꿔라!
봉사하는 마음으로 일해도 좋고
소장이 되기 위한 세미나 코스를 밟고 있다고 해도 좋다.
그것도 '돈벌이' 해가면서….
지화자~ 얼~쑤~!

세월이 흐른 만큼
인생도 찐하게 살아야지.
나잇값 똑바로 하며 살아야지.

내 평생
이빨 한 가마

초판 1쇄 인쇄 2018년 09월 17일
초판 1쇄 발행 2018년 09월 28일
지은이 박용완

펴낸이 김양수
편집·디자인 이정은
교정교열 박순옥

펴낸곳 도서출판 맑은샘
출판등록 제2012-000035
주소 경기도 고양시 일산서구 중앙로 1456(주엽동) 서현프라자 604호
전화 031) 906-5006
팩스 031) 906-5079
홈페이지 www.booksam.kr
블로그 http://blog.naver.com/okbook1234
이메일 okbook1234@naver.com

ISBN 979-11-89254-07-0 (03800)

* 이 책의 국립중앙도서관 출판시도서목록은 서지정보유통지원시스템 홈페이지
(http://seoji.nl.go.kr)와 국가자료공동목록시스템(http://www.nl.go.kr/
kolisnet)에서 이용하실 수 있습니다.
(CIP제어번호 : CIP2018030332)